오늘의
시선

; 하드보일드 무비랜드

오늘의 시선 ; 하드보일드 무비랜드

글 김시선 — 그림 이동명

자음과모음

차례

좋아하는 영화를 물으신다면

이 책을 시작하기 전에 사랑 고백을 하고 싶다.

'나는 영화를 사랑한다.'

그래서일까? 나에게 사람들은 항상 같은 질문을 한다.
"언제부터 영화를 좋아하셨어요?"
내 얼굴에 그 문장이 적혀 있는 것도 아닌데, 어쩌면 그
렇게 같은 질문을 하는지 모르겠다. 하지만 이해는 된다.
아마도 사람들은 무언가를 사랑하는 일이 두려운 것은 아
닐까.

◆ ◆ ◆

나를 포함한 많은 이들이 어릴 때부터 누군가 정해준 대상을 사랑하며 산다. 판사, 검사, 의사 아니면 선생님. 흔히 돌잡이 상에 오르는 몇몇 직업들. 그러니까 우리는 태어난 지 얼마 되지 않은 그 순간부터, 약혼자가 정해진 셈이다. 이후로 학원에 다니고, 다양한 대회에 출전해 상을 타고, 성적을 쌓는다. 이 과정이 그 대상에 걸맞은 사람이 되는 방법이다. 이렇게 우리는 사랑하는 과정보다 쟁취하는 방법에 몰두한다. 그러다 문득, 자신을 의심하는 시기가 온다.

'내가 정말…… 사랑하는 게 맞는 걸까?'

얼마 전에 은행에 가서 어떤 분과 이런저런 얘기를 주고받았는데, 그분이 내게 물었다. "두 딸을 키우고 있는데, 어떻게 해야 할지 모르겠어요. 선생님은 어떻게 영화를 공부하게 되신 거예요?" 앞선 질문과 비교했을 때 '사랑하는 대상'이 '공부하는 대상'으로 바뀌긴 했지만, 어쨌든 두 질문의 목적은 비슷하다. 당신이 사랑하는 대상이 '영화'라는 것을 어떻게 확신했냐는 말.

이때 내가 할 수 있는 말은 딱 하나다. "우연히 사랑하게 됐어요. 계기는 있지만, 확신하고 사랑한 적은 없어요. 우연히 하다가, 그냥 계속하게 됐어요. 아마도 사랑하는 것 같아요." 무슨 개똥 같은 말인가 싶지만, 실제로 그렇다. 이쯤에서 영화처럼 '플래시백'해서 과거로 돌아가볼까 싶다.

내가 살던 땅끝마을 해남에는 두 개의 극장이 있었다. 하나는 시장 주변에, 다른 하나는 시장 인근의 허름한 건물 3층에 있었다. 지금으로 치면 독립·예술영화관쯤 되는 규모인데, 쥐포도 팔고 번데기도 팔았다. 지금은 상상하지 못할 영화관 간식이다. 영화 티켓도 따로 없었다. 입구에 서 있는 주인에게 2000원을 주면 바로 극장 안으로 들어갈 수 있었다. 영화는 별다른 안내 없이 영사기사 마음대로 갑자기 시작되곤 했다. 나는 불이 꺼지면 등 뒤에서 불현듯 나타나는 빛이 좋았다. 그 빛이 벽에 닿아 무언가를 보여준다는 게 그냥 좋았다. 마술 같다고 해야 하나? 설명할 순 없지만 그걸 멍하니 쳐다보다가 집에 돌아오길 반복했다. 말하자면, 우연히 만난 영화에게 첫눈에 반하게 된

• • •

것이다.

그렇다고 10대에 필름 카메라를 들고 직접 영화를 만든 스티븐 스필버그 감독 같은 그런 전설적인 이야기는 내게 없다. 나도 다른 사람들처럼 정해진 약혼자에게 어울리는 사람이 되기 위해 교육과정을 착실히 밟아나갔다. 다만, 영화를 계속 보고 쓰고 말하길 좋아했다. 영화는 내게 유일한 쉼표였다. 찾아보면 당신에게도 그런 쉼표가 하나쯤은 있다.

지금 생각해보면, 영화를 '업'으로 살아간다는 게 그리 쉬운 일은 아니었던 것 같다. '유튜브'란 플랫폼을 통해 '김시선'으로 알려졌지만, 영화를 사랑하는 '나'는 그 전부터 존재했다.

대학교 3학년 때, 대기업에서 취업연계형 인턴으로 일을 하게 됐다. 인턴 기간만 잘 보내면, 바로 취업이 되는 좋은 기회였다. 첫 주는 무난했다. 일찌감치 회사에 도착해서 출근하는 선배들에게 인사하고, 주어진 일이 없을 때는 뭘 하면 좋을지 고민하며 하루를 보냈다. 2주 차 출근

날, 직급은 기억나지 않지만 내가 일하는 13층에서 가장 높은 분이 밥을 사준다고 해서 따라갔다. 그리고 그때 그분의 질문이 내 마음에 돌 하나를 던졌다.

"자네는 다른 일도 할 수 있을 것 같은데, 우리 회사가 뭐가 좋아서 들어왔나?"

지금 생각해보면 그냥 별 뜻 없이 한 말인 것 같은데, 나는 그 말을 듣고 회사에 돌아와서 멍하니 앉아만 있었다. 그분의 말이 내 귓가엔 '당신은 왜 여기 있습니까?'라는 말처럼 들렸기 때문이다. 그런 생각을 20년 넘도록 한 번도 해본 적이 없었던 것 같은데, '내가 왜 여기 있지'라는 생각이 가슴을 짓눌렀다. 그 뒤론 일이 손에 잡히지 않았다. '존재의 이유'가 이토록 무거운지 몰랐다. 그것은 '꿈을 좇아라! 거기에 답이 있다' 같은 명언을 깨닫고 득도하여 훗날 성공했다는 스토리의 시작점은 아니었다. 내가 머무는 13층엔 자기 일에 자부심을 느끼고, 갖가지 일을 처리한 대가로 월급을 받으면서, 매일 성실하게 사는 사람들이 많았다. 그러나 나는 그들처럼 될 순 없겠다는 생각이 들었다. 특별한 이유가 있는 것도 아니었다. 단지, 내가 여

◆ ◆ ◆

기에 맞지 않았다.

  그다음부턴 아무 생각이 없었다. 영화가 보고 싶었고, 극장에 갔다. 매일 영화를 보고, 퇴근 후 글을 쓰면서 시간을 보냈다. 마음이 가벼워졌다. 극장이 내가 있어야 하는 곳이었다.
  두 달의 인턴 기간이 끝나고, 나는 다시 학교로 돌아갔다. 취직에는 성공하지 못했다. 아쉬운 마음이 없었다면 거짓말이다. 월급도 나쁘지 않았고, 취직자리가 정해지면 대학교 4학년 과정을 편하게 보냈을 테니까. 하지만 난 직장보다 중요한 한 가지를 깨닫게 됐다. 무언가를 좋아한다는 느낌은 '존재의 이유'를 만들어준다는 것. 사랑하는 상대가 생기면 근거 없는 용기가 생긴다. 그 용기와 믿음은 다음 행동의 근거가 된다.

  나는 이후에도 계속 극장에 갔다. 글도 썼다. 내 글을 본 누군가가 '관객들 앞에서 얘기해보는 건 어떠냐'는 제안을 해왔다. 영화 얘기 하는 걸 좋아하니까, 바로 하겠다고 했다. 관객들에게 내가 좋아하는 '영화'를 열심히 표현했다. 그러자 지인 중 한 분이 '그걸 영상으로 만들어서 유튜브에 올려보는 게 어떠냐'는 또 다른 제안을 해주었다. 그래서 유튜브에 영상을 올렸다. 거기까지 4년의 시간이 걸렸다. 그리고 다시 4년 정도 영상을 올렸더니, '유튜버'로 소개되기 시작했다.

만약 여기에 의미를 붙인다면 이 과정은 특별해질 수 있다. 하지만 결과를 두고 어느 영웅의 서사처럼 과정을 소개하고 싶진 않다. 그저 이렇게 짧게 적고 싶다. '그냥 좋아해서 했고, 우연을 따라가다 보니 지금에 이르렀다'고. 그래서 지금 나에게 중요한 것은, 내가 여전히 영화를 사랑한다는 사실이다. 사랑하는 걸 두려워하지 않았으면 좋겠다. 아이러니하게도 사랑하고 나면, 두려울 게 없어진다.

이쯤 되면, 모든 과정이 퍼즐처럼 맞춰진다. 어릴 적 동네 극장에서 본 첫 영화, 이후 수십 년간 봐온 영화들, 지금도 침대에 누워서 영화를 보고 있는 나. 신기하게도 그 모든 우연의 과정에 의미가 있다는 생각이 들면서, '내 사랑'에 대한 확신이 들기 시작한다. 그러니까 우연의 과정

◆ ◆ ◆

은 또 다른 우연을 만들 뿐이지, 거기에 특별한 의미는 없다. 지나고 보니 의미가 생긴 것뿐이다.

이 책도 우연의 산물이다. 아직은 큰 의미가 없다. 하지만 만약 누군가 이 책을 읽고 무언가를 사랑하게 되거나 그동안 잊고 지냈던 '존재의 목적'을 찾게 된다면, 내게 이 책은 그 무엇과도 바꿀 수 없는 큰 의미가 될 것이다.

그러니 '언제부터 영화를 좋아했냐?'는 질문에 나는 이렇게 답할 수밖에 없다. '언제부터인지는 중요하지 않다. 언제든 지금 좋아하는 게 있다면, 자신을 믿고 사랑하라'고. 다른 이에게 물어볼 필요는 없다. 그 우연의 과정이 당신을 또 다른 우연으로 이끌 것이다. 그게 어떤 결과를 가져오든 의미는 붙이기 나름이다.

Part 1.

영화가 위로가 되는 순간

○
인생 영화를
물으신다면

"당신의 인생 영화는 뭔가요?" 이 질문을 다르게 바꾸어
말하면 '영화는 끝났지만 계속 의자에 앉아 일어나지 못한
경험'에 대한 이야기. 나도 그런 경험이 있다. 너무 오래되
어 기억이 가물가물하지만, 극장에서 이 영화를 보고 한참
을 일어나지 못했다. 분명히 영화가 끝나서 엔딩 크레딧이
모두 올라가고 관객들도 하나둘 자리에서 일어나 극장을
떠나는데, 나만 그 자리에 멈춰버린 느낌. 주변에 아무것
도 보이지 않고, 내 앞에 놓인 우주에 스크린만 떠 있는 상
태. 아마도 내 '인생 영화'를 만난 건 그 순간이었을 것이
라 확신한다.

〈체리 향기Ta'm e guilass〉(1997). 이 영화의 주인은 아바스
키아로스타미. 이란의 가장 위대한 감독이자, 누구도 도달
하지 못한 아름다움을 영화로 담아낸 감독이다. 1940년 이

란 테헤란에서 출생해 대학교에서 미술을 전공하다 광고를 거쳐, 영화의 길을 걷기 시작했다.

시는 마음속에 떠오르는 느낌을 운율이 있는 언어로 압축하여 표현한 글이라는데, 내 생각에 그걸 영상으로 옮길 수 있는 감독은 오직 아바스 키아로스타미뿐이다.

내 인생 영화는 차를 타고 누군가를 찾아다니는 주인공 '바디'로부터 시작한다. 그는 어떤 일을 해줄 사람을 찾고 있다. 영화 시작 후 무려 60분 동안 '제 부탁 하나 들어주시겠습니까?'라는 질문에 답해줄 사람을 찾아 여기저기를 떠돈다. 처음엔 조금 이상한 사람으로 보이는데, 이 사람의 요구를 듣고 나면 그냥 미친놈이라는 생각이 절로 든다.

높은 언덕 위로 차를 몰고 가 나무 밑에 파인 구덩이를 가리키며 이야기한다. "내일 아침 6시에 여기에 와서 날 두 번 부르고, 답하면 구덩이에서 꺼내주고 답이 없으면 흙으로 덮어주시오." 이 일의 협조자는 어떤 일이 일어나든 뒷일은 상관 말고 그의 요구를 들어준 뒤, 차에 놓인 돈을 들고 가면 된다. 한마디로 그는 자신의 죽음을 흙으로

• • •

덮어줄 사람을 찾는 것이다. 정말 간단한 일이지만, 누구도 선뜻 이 제안을 받아들이지 못한다. 농사를 짓는다 생각하고 자신을 나무에 주는 거름쯤으로 여기라는 그의 말은 나름의 논리를 따른 건지는 몰라도, 제정신이 박힌 사람이라면 자살의 공범이 되고 싶진 않을 것이다.

차를 타고 떠돌아다니던 바디는 우연히 만난 신학도에게도 부탁하지만, 그것은 정당한 일이 아니라며 역으로 설교당할 뿐이다. "설교가 필요했다면, 자네보다 경험 많은 사람을 찾았을 거야. 난 손을 빌리고 싶을 뿐이네." 바디는 이 말을 끝으로 다시 자신의 죽음에 협조해줄 사람을 찾아 시동을 건다.

이 영화를 보고 있으면, 문득 그런 생각이 든다. 바디는 정말 죽고 싶은 걸까? 아니면 자신을 살려줄 사람을 찾고 싶은 걸까?

영화를 보다가 예전에 진짜 죽고 싶은 생각이 든 날을 떠올렸다. 하는 일마다 되는 게 없어서, 이대로라면 불쌍한 인간으로 나이만 든 노인이 되는 건 아닐지 상상했다.

밤에는 잠이 오지 않았고, 식욕만 커져서 치킨으로 생명을 유지했다. 다른 의욕은 점점 줄고, 살만 찌는 날들이었다. 그러다가 〈체리 향기〉 속 바디처럼 죽고 싶어서, 어떻게 죽을지 방법을 고민하기도 했다. 약을 먹자니 약국을 갈 용기가 없고, 건물 위로 올라가자니 몸이 무겁고, 그렇다고 차가 있는 것도 아니어서 흙으로 날 덮어줄 사람을 찾으러 갈 수도 없었다. 그런 생각이 꼬리에 꼬리를 물다 보면, 죽음보단 삶에 대한 욕망이 더 큰 나를 발견하게 된다. 그렇게 어떻게든 변명거리를 찾아 머릿속을 헤매다 지쳐 잠이 들었다.

구불구불한 도로 위에서 한참을 헤맨 바디는 드디어 자신을 도와줄 사람을 찾는다. 그는 자연사박물관에서 일하는 노인 바게리. 흔쾌히 바디를 도와주겠다고 하면서도 자신의 이상한 경험을 들려준다.

"어느 날 자살하기로 굳게 마음먹었죠. 뽕나무 농장에 도착했고, 해는 아직 뜨지 않은 상태였어요. 나무에 밧줄을 던졌

◆ ◆ ◆

지만 걸리지 않았죠. 그때 내 손에 부드러운 게 만져졌어요. 탐스럽게 잘 익은 체리였죠. 저는 그걸 하나 따 먹었어요. 과즙이 가득했어요. 두 개, 세 개를 먹었어요. 그러자 산등성이에 태양이 떠올랐죠. 난 자살하러 떠났지만, 체리를 갖고 집으로 돌아왔어요."

그날 밤, 모든 준비를 끝낸 바디는 차를 타고 구부러진 길을 따라 어둠을 헤치고 목적지에 도착한다. 커다란 나무 밑엔 구덩이가 있고, 이윽고 바디는 그 구덩이 안에 눕는다. '바디는 이제 어떻게 되는 걸까?'

아바스 키아로스타미는 이란의 시인 오마르 하이얌의 "삶을 즐기려면 죽음이 쫓고 있다는 사실을 기억하라. 그리고 체리 향기를 맡아보라"라는 시구에서 영감을 받아 이 영화를 연출했다고 한다. 여기에는 죽음이 다가올 거라는 사실을 받아들이고 체리 향기로 표현된 삶의 단맛을 느낀다면 세상을 바라보는 시선이 달라질 것이라는 의미가 담겨 있다. 말하자면 〈체리 향기〉는 바디의 여정을 통해 그 시구를 시각화한 것이다. 한 줄의 시구가 어떻게 영화로 표현됐을지 궁금하지 않은가?

내가 이 영화에 깊이 빠진 이유는, 죽기 위해 애쓰는 바디의 모습에서 어느 날의 나를 발견했기 때문이다. '바디는 왜 죽으려고 했을까?' 영화는 어떤 설명도 하지 않는다. 나 역시 그렇다. '왜 죽으려고 한 걸까?' 기억나진 않지만 나름 심각했다. 죽음의 이유는 죽음의 절대적인 요소는 아니다. 노인 바게리처럼 누구나 살면서 죽고 싶을 때가 있다. 죽을 이유에는 무게가 없다.

바디가 나무 밑 구덩이에 누웠을 때, 나는 내가 있던 곳이 극장인 것을 잊고 같이 누웠다. 나무 밑으로 체리 향기가 퍼지고, 하늘에는 둥근 달이 떠 있었다. 내 생각에 바디는 살았을 것이다. 왜냐하면 체리 향기를 맡았을 테니까. 그리고 나 역시 체리 향기를 맡았다. 삶의 목적을 찾아 부단히 애쓰던 나에게, 스크린에 비친 '영화'라는 존재는 '나만의 체리 향기'였다.

◆ ◆ ◆

○
내가 영화를
사랑하는 방법

'어떻게 하면 영화를 더 사랑할 수 있을까?' '어떻게 하면 영화에 더 가까이 다가갈 수 있을까?' 수년간 고민해온 질문이다. 처음 이 고민이 시작됐을 무렵 우리 집 앞에는 비디오를 빌려주는 가게가 있었고, 극장은 특별한 날에만 갔다. 비디오든 극장이든 영화라면 다 좋았다.

나는 사랑하려면 무언가를 배워야 한다고 생각했다. 영어는 단어를 암기하고, 수학은 공식을 외운다. 그런데 모든 것이 수치화되는 시대에, 문제집이 베스트셀러가 되는 시대에, 안타깝게도 '영화'는 문제집은커녕 교과서조차 없었다.

프랑스의 감독이자 유명 영화평론가인 프랑수아 트뤼포는 본인의 저서 《The Films in My Life》(1975)에서 영화와 가까워지기 위한 3단계를 제시했다.

"첫 번째 단계는 많은 영화를 보는 것이다. 두 번째는 극장을 나설 때 감독 이름을 적는 것. 세 번째는 같은 영화를 보고 또 보면서, 내가 감독이라면 어떤 선택을 했을지 생각해보는 것이다."

'시네필의 3원칙'으로 알려진 트뤼포의 문장을 다시 읽어보니 이미 답은 나와 있다는 생각이 든다. 초등학교 선생님들이 입버릇처럼 하는 '교과서에 모든 답이 있다'는 말처럼.

영화를 더 좋아할 수 있는 방법을 찾아 헤매던 내 앞에 잊지 못할 두 편의 영화가 개봉한다. 〈쉬리〉(1999)는 화려한 첩보 영화로 이제껏 보지 못한 액션과 폭발 신을 보여줬고, 곽경택 감독의 연출작 〈친구〉(2001)는 800만 관객을 넘어서며 천만 관객 시대를 여는 영화가 됐다. 특히 〈친구〉는 지금도 기억나는 게, 한 개인에게 영화가 얼마나 큰 영향을 미칠 수 있는지 알게 해줬다.

어느 날 영화를 본 같은 반 친구 놈 하나가 학교 복도 창문을 깨는 장동건의 모습을 그대로 따라 한 것이다. 그 친

◆◆◆

구는 바로 학생주임 선생님에게 끌려갔는데, 퇴학을 당한 것으로 기억한다. 이 사건을 계기로 내 머릿속에 '영화라는 놈은 뭘까?'라는 고민이 추가됐다. 빠르게 달리고 터지고 부서지는 게 마냥 멋져 보이지만, 과연 그것이 영화의 전부일까? 일단 찾아보기로 했다.

가까운 일본의 영화를 보니, 오즈 야스지로 할아버지는 〈동경 이야기東京物語〉(1953)에서 '가족'과 '결혼' 이야기를 통해 결합과 이별을 반복했고, 구로사와 아키라 할아버지는 〈라쇼몽 羅生門〉(1950)으로 크리스토퍼 놀란 감독의 〈메멘토Memento〉(2000)의 원형을 내놓았다. 미국에선 존 포드가 〈역마차Stagecoach〉(1939)를 비롯한 서부극을 완성했고, 앨프리드 히치콕은 〈싸이코Psycho〉(1960)를 기반으로 '서스펜스'라는 감정을 시각화시켰다.

이즈음부터 시작한 영화 감상은, 강물이 흘러 바다에 닿는 것처럼 수많은 영화 감상으로 이어졌다. 많이 보고, 감독의 이름을 대통령 이름 외우듯 공책에 쓰기 시작했다. 나는 나도 모르게 트뤼포가 말한 두 단계를 밟고 있었던 것이다. 이게 참 재밌는 게, 영화 한 편 감독 한 명을 적어 갈 때마다 알 수 없는 희열감이 생긴다. 마치 군주가 되어 영화계의 영토를 하나씩 정복해나가는 맛이랄까?

하지만 그 이후부터가 문제였다. 영화를 좋아해서 시작 한 영화 감상이 어느샌가 장식장에 트로피 놓듯, 영화를 수집하는 것에만 집중하게 된 것이다. 이를테면 여러 이성 을 사귄 카사노바가 정작 '사람'에 대해선 잘 모르는 것과 같은 이치다. 여기엔 중요한 뭔가가 빠져 있었다.

일반적으로 중등 수학에서 고등 수학으로 넘어갈 때 《수학의 정석》으로 선행 학습한다. 다음 단계로 가기 위해 좀 더 어려운 문제를 미리 풀어보는 건데, 나는 이처럼 영화 도 쉽게 이해되는 영화만 봐서는 '영화'를 알기 어렵다고 생각했다. 그래서 사람들이 어려워하는 흑백영화를 보기 시작했다.

단순히 오래된 것이 가장 어려울 것 같다는 생각에서 보 기 시작했지만, 막상 접하고 보니 제일 쉽게 다가갈 수 있 는 것이 흑백영화였다. 그리고 다른 걸 다 떠나서, 흑백 고

◆ ◆ ◆

전 영화를 보니까 스스로 뭔가 멋져 보였다. 예전엔 특기란에 뭘 써야 할지 몰라서 '영화 감상'이라고 적었는데, 이젠 당당하게 적는다.

찰리 채플린의 〈모던 타임즈Modern Times〉(1936)는 어딘가 조금 모자라 보이는 공장 노동자 하나가 여기저기 돌아다니며 새로운 기계에 적응하지 못하는 모습으로 관객을 웃기는 영화다. 제대로 된 대사는 없고 중간중간 검은색 배경에 흰색 자막이 등장하는 것이 전부라서, 사실상 찰리 채플린의 몸동작이 유일한 언어이다.

관객의 머릿속에 떠오른 질문은 꼬리에 꼬리를 물게 된다. '왜 채플린은 저기서 발을 들고 갈까?' '왜 하필 저 순간에 슬픈 표정을 짓는 걸까?' '자동차 공장의 컨베이어 벨트에 몸을 맡긴 채플린의 모습은 무엇을 의미할까?' 이건 마치 〈가족 오락관〉의 '고요 속의 외침'처럼 몸짓과 표정만으로 앞사람에게 단어를 설명하는 게임 같은 것이다. 그렇게 채플린의 몸짓에 대한 의미를 하나둘 유추하다 보면, 영화가 우리에게 어떤 말을 하고 있다는 사실을 알게 된다. 즉, 〈모던 타임즈〉는 공장 노동자가 미국의 산업화 시대에 적응

하는 과정에서 벌어지는 일들을 보여주며, 자본주의의 문제점을 관객과 공유하길 바랐던 것이다.

〈모던 타임즈〉는 내가 적어도 열 번 이상 다시 본 영화다. 거창한 의도가 있어서라기보다, 왜 이 영화가 그토록 대단한 영화로 평가받는지 몰랐기 때문에 여러 번 되감아 본 것이었다. 그 과정에서 한 가지 비밀을 알게 됐다. 영화를 반드시 두 번은 봐야 하는 이유. 그건 결혼에 빗대어 이야기할 수 있다.

어떤 사람이든 첫 만남에 결혼을 결정하는 사람은 없을 것이다. 첫눈에 반했다고 하더라도 어떤 음식을 좋아하는지, 내가 모르는 이 사람의 숨겨진 성깔은 없는지, 나와 잘 맞는지 기타 등등 그 외 많은 부분을 눈치껏 살펴보게 된다. 영화도 똑같다. 한 번 봐서는 알 수 없다. 왜냐하면 결말을 모르는 상태로 영화를 따라가기 때문이다. 영화가 이끄는 대로 결말에 집중하다 보면, 과정의 디테일한 부분들은 눈에 잘 들어오지 않는다.

그렇기 때문에 영화를 깊이 알기 위해선 결말을 알고 다

◆ ◆ ◆

시 봐야 한다. 영화의 끝을 알고 보면, 결말에 끌려가지 않고 과정에 집중하며 영화를 볼 수 있게 된다. 그렇게 되면 이전에는 놓친 부분이 반드시 보인다. 그리고 바로 그 지점이, 내가 도착하고픈 영화의 목적지로 안내하는 열쇠가 된다.

제71회 칸영화제 황금종려상을 받은 고레에다 히로카즈 감독의 〈어느 가족 万引き家族〉(2018) 도입부.

어두운 밤, 아버지와 아들은 도둑질을 거하게 하고 집으로 돌아가는 길에 갑자기 들려오는 소리에 깜짝 놀라 그쪽을 쳐다본다. 그곳엔 부모도 없이 혼자 놀고 있는 여자아이가 있다. 매일 밤 아파트 복도에서 추위에 떨고 있는 아이를 차마 두고 올 수 없었던 아버지는 아이를 집으로 데려간다. 이 장면은 영화의 마지막에 다시 한번 등장하는데, 결말을 알고 이 장면을 다시 보면 슬퍼질 수밖에 없다. 영화의 마지막에 여자아이는 사회의 시스템에 의해 다시 제자리로 돌아가지만, 결과적으로 아이는 가족을 잃고 다시 혼자 놀게 됐으며 누군가 자신을 다시 훔쳐주길 기다리게 된다. 어쩌면 아이는 지금도 그곳에서 또 다른 가족을 기다리고 있을 것이다.

국내에선 〈어느 가족〉이라는 제목으로 개봉한 이 영화의 원제목은 '만비키카조쿠 万引き家族'로, 직역하면 '도둑 가족'이다. 영화의 마지막 장면을 알고 금방 설명한 초반부를 보게 된다면, 이 가족이 훔친 것이 단순히 물건만은 아니라는 사실을 알게 된다. '어쩌다가 사람까지 훔치게 된 걸까?' 그게 이 영화가 숨기고 있던 열쇠다.

한 사람을 사랑한다는 건, 남들이 모르는 그 사람의 다른 부분을 알아가는 것이다. 영화에 대한 사랑은 영화가 숨긴 열쇠를 알아가는 과정에 있다. 다시 보면 누구나 이 열쇠를 찾을 수 있다.

많이 보고, 다시 보고, 감독 이름을 노트에 적는 것만으로도 영화를 더욱 사랑하게 된다. 그렇게 써 내려간 목록은 사랑을 고백하는 편지가 되고, 쌓이고 쌓이면 어느 순간 욕심이 생긴다. '나도 영화를 찍을 수 있지 않을까?'

하지만 알다시피 영화는 머릿속에서 벌어지는 일만으론

◆◆◆

만들어지지 않는다. 이야기를 써야 하고, 그것을 현실로 만들어줄 전문가들이 필요하고, 무엇보다 어마어마한 돈이 필요하다. 여기까지 생각이 다다랐다면, 트뤼포가 말한 마지막 단계에 도착한 것이다. 영화를 사랑한다고 해서 모두가 영화를 찍을 순 없겠지만, 상상은 누구나 할 수 있다.

크리스토퍼 놀란 감독의 연출작 〈인셉션 Inception〉(2010)의 마지막 장면에서는 '토템'이라 불리는 팽이가 돈다. 멈추면 현실이고 계속 돌면 꿈인데, 감독의 최종 선택은 어느 것도 보여주지 않는 것이었다. 쓰러질 듯 위태로운 소리를 내면서 휘청이는 팽이의 모습을 비추면서 끝. 알고 보면 영화에서 가장 중요한 것은 순간순간의 선택이다. 잠깐, 이거 어디서 들은 말인데? 그렇다. '인생은 선택의 연속이다'라는 말은 영화에도 적용된다.

며칠 전에 스티븐 스필버그가 연출한 〈쉰들러 리스트 Schindler's List〉(1993)를 다시 봤다. 독일이 폴란드를 점령했을 때, 독일인 사업가 쉰들러가 막대한 돈을 써서 많은 수의 유대인들을 살린 실화를 바탕으로 만들어진 영화다. 스필버그 감독의 연출은 첫 장면부터 사람들의 시선을 사로잡는다. 영화의 맨 처음은 컬러로 시작되지만 촛불이 꺼짐과 동시에 흑백으로 변한다. 스필버그 감독은 왜 이렇게 연출한 걸까? 아마도 과거의 슬픈 시간으로 시간 여행을 하기 위함이지 않았을까.

그렇게 영화는 모든 것이 '색'을 잃은 상태로 쭉 진행되다가 영화 중반부에 갑자기 색이 입혀진 어린 유대인 소녀가 등장한다. 빨간 옷을 입은 소녀는 죽어가는 흑백의 사람들 사이를 걸어가다 어느 순간 사라진다. 쉰들러는 그 소녀를 멀리서 잠깐 스치듯 봤을 뿐이다. 여기서 또 궁금해진다. 감독은 왜 이런 선택을 한 걸까?

이후 쉰들러 눈앞에 빨간 옷을 입은 소녀가 다시 등장한다. 죽은 상태로. 소녀를 다시 본 쉰들러의 표정은 마치 지옥을 본 듯 조용하면서도 격하게 무너진다. 그리고 그 순간 쉰들러는 결심한다. 유대인들을 살리자고.

이렇듯 영화를 보다 보면 감독의 연출에 대해 여러 질문이 떠오르고, 계속 질문을 하다 보면 '영화는 감독이 어떤 선택을 하느냐에 달려 있다'는 사실과 새삼 마주한다. 그렇

◆ ◆ ◆

다면, 이렇게 생각해보는 것이다. '만약 내가 감독이라면 나는 어떤 선택을 했을까?' '어린 유대인 소녀에게 빨간 옷을 입혔을까, 파란 옷을 입혔을까?' 나는 상상에 그쳤지만, 이런 생각을 영화로 구현한 사람을 우린 '감독'이라 부른다.

영화를 사랑하는 방법에는 여러 가지가 있다. 연인의 손을 잡고 가볍게 극장에 가는 것도, 아이가 좋아하는 팝콘을 사줄 겸 극장 나들이를 가는 것도 한 방법이다. 다들 그렇게 시작한다.

물론 사랑에는 언제나 욕망이 동반된다. 영화에 보다 더 다가가고 싶고, 만지고 싶고, 대화를 나누고 싶어진다. 그럴 때면 많이 보고 즐기면서 마음에 드는 감독의 이름을 써보자. 이렇듯 영화와 더 가까워지는 방법은 이미 정해져 있다. 몇 번이고 다시 보면서 영화에게 질문을 던지는 것. '왜 그렇게 찍은 거야?'라고 물으면, 영화가 분명히 답해줄 것이다.

어느 날 길을 걷다가 문구 하나를 봤다. '언제 가장 행복
해요?' 곰곰이 생각하며 홍대 거리를 걸었다. 전에도 비슷
한 질문을 받은 적이 있었는데, 막상 답을 하려니 생각나
지 않아서 '영화 볼 때'라고 대답했다. 맞는 말이지만 정확
한 답은 아니었다. 하루하루가 바쁘게 흘러가다 보니 뭐가
행복한 건지 잊을 때도 있고, 가끔은 행복보다 미래를 위
한 준비가 우선시되기도 한다. 그런데 문득 요즘은 그런
생각이 든다. 어쩌면 추운 날 따뜻한 밥 한 그릇 먹는 그
순간이 가장 행복한 순간일 수 있겠다고.

행복은 상대적인 감정이라 생각했다. 다른 사람보다 좋
은 환경에 있다거나 누군가는 이루지 못한 것을 내가 이룬
다면, 그게 행복일 거라 믿었다. 세상은 그걸 숫자로 표현
한다. 1등, 1억, 100만 구독자. 지금 생각해보면 그 행복
은 더 좋은 환경을 가진 사람을 만나는 순간 곧바로 깨질

◆ ◆ ◆

행복이었다. 그러니까 상대적인 평가로부터 얻은 행복은 영원하기 힘들다.

사실 '행복'이라고 했을 때 떠오르는 장면이 하나 있다. 수영장에서 마음껏 좌우로 수영을 하는 아이의 모습. 영화 〈4등〉(2015)의 한 장면이다. 〈4등〉은 수영대회에서 매번 '4등'만 하는 아이의 이야기다. 엄마 정애는 그 성적이 탐탁지 않다. 수영으로 1등을 해야 좋은 대학교에 진학할 수 있으니까. 급기야 16년 전 아시아 신기록을 달성한 국가대표 출신 수영 코치 광수에게 아이를 맡기는데 한 가지 문제가 있다. 광수는 성적을 위해서라면 폭력을 써도 괜찮다고 생각하는 사람이라는 것.

새 코치인 광수를 처음 만나는 날. 4등에서 벗어날 수 있을 거라는 설렘을 안고 수영장에 도착한 아이는, 그제야 수영장에 왜 레일이 깔려 있는지 알게 된다. 이 영화를 연출한 정지우 감독의 말처럼 수영장은 자유로운 공간이다. 하지만 레일이 깔리는 순간, 거긴 반드시 '1등'을 해야 하는 경기장으로 바뀐다.

순수하게 수영을 좋아했던 아이는 광수의 폭력에 멍들어가지만 꾹 참는다. 그 이유는 아이의 말 속에 담겨 있다. "수영이 너무 좋은데, 수영을 하려면 1등을 해야 하니까요." 아이러니한 말이다. 왜 꼭 1등이어야만 할까?

학교 다닐 때, 우리가 제일 먼저 배우는 건 '줄을 서는 것'이다. 키순으로 줄을 세우고, 성적순으로 학생들의 가치를 매긴다. 그래서 나는 반대로, 등수가 없어서 좋았던 것을 떠올려봤다. 가장 먼저 두 가지가 떠올랐다. 점심시간과 무협 소설.

중학교 시절, 학교 앞에는 비디오·만화 대여점이 있었다. 학교가 끝나면 그곳에 들러 닥치는 대로 비디오와 무협 소설을 가방에 담았던 기억이 난다. 빵빵해진 가방을 멘 채로 빨리 집에 가고 싶어서 자전거 페달을 신나게 밟았다. 집에 부모님이 계시니까 비디오는 자주 보기 어려웠지만, 무협 소설은 교과서 뒤에 몰래 숨겨 두고 많이 읽었다. 《비뢰도》《묵향》《의천도룡기》는 그 시절 내 가슴을 뜨겁게 만든 이야기였다. 초절정 내공을 얻은 주인공들이

◆ ◆ ◆

자유롭게 중원을 떠돌며 사는 이야기가 뭐가 그리 재미있
었을까.

4등만 하던 아이, 준호는 드디어 1등 같은 2등을 하게
된다. 메달도 목에 건다. 엄마는 신이 나서 저녁에 고기를
구워준다. 그때 준호의 아버지가 우연히 아들의 몸에 있는
피멍을 보게 되고, 이를 계기로 준호는 더는 수영을 못 하
게 된다. 아이를 멍들게 한 수영 코치 '광수'를 욕하고 싶
지만, 그에게도 불행한 사연이 있다.

천부적인 재능으로 1등을 독차지하는 수영 유망주였던
광수는 도박에 빠져 훈련을 등한시하게 된다. 수영 감독은
결국 그를 때리고, 화가 난 광수는 수영장 문을 박차고 나
와버린다. 그래서일까? 준호가 훈련에 집중하지 않자, 광
수는 지난날 자신을 때린 감독처럼 대걸레 자루로 사정없
이 준호를 때리며 이야기한다. "하기 싫지? 도망가고 싶
고? 그때 잡아주고 때려주는 선생이 진짜다. 내가 겪어보
니 그렇더라. 대!" 광수는 그때 그 폭력이 자신을 잡아줬으
면 이렇게 살진 않았을 거라는 믿음을 갖게 된 것이다.

이런 광수의 폭력 앞에서 준호는 어떤 선택을 하게 될까? 광수와 똑같이 수영장을 박차고 나가게 될까, 아니면 '1등'을 위해선 무엇이든 감수하는 아이로 자라게 될까.

나는 그 레일을 따라 수영하다가 대학교 시절 이탈해버렸다. 그러곤 그대로 영화관으로 향했다. 스크린을 바라보며 다양한 생각을 해도 괜찮은 그 공간이 내겐, 레일 없는 수영장 같았다. 영화 보는 일로 1등 했다, 못 했다는 소리를 들을 리 없으니 항상 마음이 편했다. 무엇보다 좋아하는 영화를 보고 사람들과 영화 이야기를 나누는 게 참 좋았다.

종로3가역 14번 출구로 나와서 아래로 쭉 내려오면 서울극장 건물이 있다. 그리고 그곳 3층엔 '서울아트시네마'가 있다. 과거와 현대를 아우르는 거장들의 작품을 틀어주는 곳으로 교육 목적의 영화 상영을 추구하는 극장이다. 1년 회원권을 끊으면 티켓값이 5000원이었기 때문에, 대학생 때는 어떻게든 본전은 뽑아야겠다는 생각으로 매일 이곳을 들렀다(당시에는 낙원상가에 있었으나 2015년 3월

• • •

쯤에 지금의 장소로 이전했다). 대략 30편 정도를 보면 본전을 뽑을 수 있고, 그다음부터는 2000원씩 이득을 볼 수 있다는 게 나만의 계산법이었다. 누가 시킨 것도 아닌데, 성실한 직장인처럼 매일 극장으로 출근했다.

"3회차 영화 전부요."

세 장의 티켓을 손에 쥘 때, 그보다 더 행복한 순간은 없었다. '오늘은 어떤 영화일까? 이 감독은 어떤 장면으로 날 놀라게 할까?' 그런 설렘을 가지고 티켓을 바라봤다. 오즈 야스지로 감독의 〈동경의 황혼 東京暮色〉(1957) 티켓을 들고 상영 시간을 기다리면서 드는 생각은 단 하나다. '아, 행복해.' 행복은 수치가 아니라 느낌이다.

결국 준호가 수영을 그만두자, 1등을 바라고 그 1등이 대학을 보내줄 거라고 믿었던 엄마 정애는 낙담한다. 한편 여전히 수영을 좋아하는 4등 소년 준호는 아무에게도 말하지 않고 홀로 대회에 나간다. 이번엔 옆에 도와주는 엄마도 없고, 헤엄치라고 소리치는 코치도 없다. 그 순간 영화는 갑자기 일인칭시점으로 바뀌고, 준호의 시선을 따라 수영장에 입장한다. 이제부터 준호의 시간이다. 레일이 여전히 그어져 있지만, 준호는 좌우로 자유롭게 헤엄친다. 결승점에 도착한 준호는 고개를 들어 전광판 순위를 쳐다본다.

　사실 성적 보다는 스스로 무엇이 행복한지 느꼈다는 것이 중요한 게 아닐까. 내 주변에 그어진 레일을 치워버리면, 행복이 어디에 있는지 더 잘 보인다.

◆ ◆ ◆

○

775분짜리
긴 영화를 보는 까닭

　영화가 인생이 될 수 없는 이유는 간단하다. 영화는 보
통 2시간이면 끝나지만, 우리의 인생은 하루만 해도 24시
간이다. 제아무리 대단한 영화라도 내가 겪은 하루를 전부
표현해낼 수 없다. 한마디로 영화는 인생의 하이라이트를
짜깁기한 영상물이다.
　그런데 간혹 그 한계를 시험하는 영화들이 있다. 2016년
7월 16일과 7월 17일, 이틀에 걸쳐 상영된 자크 리베트 감
독의 〈아웃 원Out 1 : Noli me tangere〉(1971)이 그런 경우다. 연
극 무대를 준비하는 사람들의 이야기가 8개의 에피소드
에 담겼는데, 그 분량이 총 775분(90＋109＋109＋106＋
89＋101＋98＋73)이었다. 영화는 각 에피소드별로 나뉘어
상영됐다. 원래는 775분을 쉬지 않고 봐야 하지만 직원도
퇴근은 해야 하니까.

이틀 동안 매일 오후 2시에 시작해, 약 3시간에 달하는 에피소드 두 개를 보고, 30분 휴식 후 다음 두 개를 마저 보는 식으로 진행됐다. 영화 티켓도 에피소드 두 개당 1장씩 총 4장을 예매했다. 나는 이틀이 지나서야 이 영화의 마지막 엔딩 크레딧을 볼 수 있었다.

영화는 서울극장 2층에 있는 관에서 상영됐는데, 입구에 의자가 있었지만 관객들은 모두 서서 대기했다. 이제 막 경기장에 입장할 준비를 마친 국가대표 선수처럼 그들의 표정에선 결의가 느껴졌다. 나 역시 평소엔 먹지 않는 초콜릿을 입에 넣으며 당을 보충했다. 조금이라도 놓치고 싶지 않아서 미리 화장실도 다녀왔다.

누군가는 이렇게 생각할 수도 있다. '좀 과한 것 아닌가?' 모르는 소리, 혹시라도 영화 상영 중간에 반응이 오면 아주 난감해진다. 왜냐하면 이런 상영회는 몇 년에 한 번 있을까 말까 하기 때문에, 한번 그 장면을 놓치고 나면 누구에게 물어볼 수도 없고 어디서 찾아볼 수도 없다. 영화가 너무 길어서 장면 하나하나를 기억해 글을 남기는 사람이 없기 때문이다. 즉, 이번에 놓친 장면은 평생 볼 수

• • •

없다.

나는 1초라도 놓치지 않겠다는 굳은 표정으로 티켓을
건네고 입구에 발을 들였다. 긴 영화를 본다는 건, 정말 큰
경기를 치르는 것과 같다. 조금만 방심해도 영화라는 녀석
에게 지고 만다.

극장 안에는 대략 50여 명의 관객이 앉아 있었다. 가방
안에서 가벼운 다이소 방석을 꺼내 미리미리 엉덩이 관리
를 하는 관객부터, 물병과 화장지 등 갖은 소품을 의자 바
닥에 세팅하는 관객까지 보였다. 허리디스크 때문에 긴 영
화를 볼 때마다 몸을 가만히 둘 수 없는 나는 최대한 다른
사람에게 피해를 주지 않기 위해 우측 구석에 자리를 잡았
다. 스크린이 조금 비스듬하게 보였지만 마음 편히 영화에
집중할 수 있었다.

관객들이 어느 정도 자리 잡고 상영 시간이 가까워지자,
관계자가 무대 앞으로 나왔다. 특별한 상영인 만큼 해당
영화가 어떤 식으로 상영될지 미리 관객에게 정보를 공유
했다.

"그럼, 모두 내일까지 잘 감상하시길 바라겠습니다." 무사 귀환을 바라는 관계자의 말이 끝나자 극장 안에 어둠이 내려앉았다. 그렇게 12시간 보고도 55분을 더 봐야 하는 길디긴 프랑스 영화 〈아웃 원〉이 시작됐다.

나중에서야 알게 됐는데, 이렇게 긴 영화를 상영하는 것이 한국에서만 특별한 건 아니었다. 프랑스에서도 배급에 곤란을 겪어서 영화 시간을 줄여서 상영했다고 한다. 일본에선 몇 명의 관객들이 〈아웃 원〉의 상영을 위해 자발적으로 번역비를 모았다고 한다. 하기야 거의 13시간에 가까운 영화를 번역하려면 꽤 많은 돈이 들 것이다. 그만큼 어느 나라든 긴 영화를 상영한다는 건 흔한 일이 아닐뿐더러 '29초 영화제'까지 생긴 지금 시대의 흐름과도 상충된다. 그런데 '사람들은 왜 긴 영화를 보는 걸까?' 이 질문에 앞서서 '왜 긴 영화를 찍는 걸까?'

2016년 10월에 부산을 꼭 가야만 했다. 필리핀의 그림자를 찍는 감독, 라브 디아스의 신작 〈슬픈 미스터리를 위한 자장가Hele sa Hiwagang Hapis〉(2016)가 상영되기 때문에.

◆ ◆ ◆

라브 디아스는 300년 넘게 타국의 지배를 받은 필리핀의 역사를 영화로 재현한 감독이다.

식민지배하에 있는 1896~1897년 필리핀의 모습을 그리고 있는 이 영화는 지독하게 느리다. 이를테면 안개가 등장하는 장면에선 아무 움직임도 없이, 그저 흐릿한 안개가 아주 미세하게 움직이는 모습을 20분이나 보여준다. 그래서일까? 감독은 영화 상영에 앞서 이런 말을 했다고 알려져 있다. "배가 고프면 밥을 먹고, 잠이 오면 잠을 자고 오세요. 그래도 영화를 이해하는 데 어려움이 없을 거예요." 감독이라면 보통 자신의 영화를 한순간도 놓치지 말고 봐달라고 할 것 같은데, 라브 디아스 감독은 왜 그렇게 말한 걸까? 사람들이 긴 영화를 보는 까닭이 여기에 숨어 있다.

결론부터 말하면, 긴 영화일수록 이야기의 흐름이 중요하지 않다. '기-승-전-결'은 시놉시스의 기본으로, 이야기를 가장 잘 전달하는 구조로 흔히 사용된다. 이런 작법 체계를 꼭 따를 필요는 없지만, 이야기를 쉽고 효율적으로 전달하기에 이보다 더 좋은 구조는 없다. 그래서 대부분의 소설이나 영화는 이를 따른다.

하지만 라브 디아스 감독은, 관객들이 자신의 영화를 이해하기보다 느끼길 원하는 것 같다. 이를테면 관객들은 '누가 언제 어디서 무엇을 하다 죽었느냐'에 집중하기보다, 하염없이 흘러가는 안개를 보며 오랫동안 쌓인 사람들의 슬픔을 그저 느끼면 되는 것이다. 느낄 수 있다면, 굳이 영화를 다 볼 필요가 없다는 것이 감독의 의도가 아니었을까.

그러나 당시에 나는 라브 디아스 감독의 말을 듣고도 그 속뜻까지 미처 알아차리지 못했고, 갑작스러운 복통에 배를 부여잡고 대변을 참았다. 아, 정말 힘들었다. 영화 시작 후 1시간 반이 지나서 신호가 오기 시작했는데, 그때 내 눈에 보이는 장면이 '안개'였다. 참는 고통 때문인지 그 안개가 그토록 슬퍼 보일 수가 없었다. '설마? 이런 의도로 감독이 긴 영화를 만든 건 아닐까……'라는 말도 안 되는 추측까지 했다. 나는 그로부터 인터미션(쉬는 시간)까지 2시간 반을 더 참아냈다. 힘든 시간을 보낸 탓인지 영화의 내용이 다 기억나진 않지만, 한 가지는 분명히 느꼈으니 됐다. 고요하게 들려오는 '슬픔'을 그린 영화구나.

중국 정부에 반하는 내용을 카메라에 담아온 (감독보단

◆ ◆ ◆

작가) 왕빙은 영화 〈철서구 鐵西區〉(2003)를 통해 몰락해가는 티에시 공업지구를 그렸다. 총 551분 동안 이어지는 변화를 하나하나 글로 적는 건 무의미하다. 그저 태어나 살다가 죽어가는 한 노인의 삶을 보듯 영화를 봐야 한다. 앞서 말했듯 러닝타임이 긴 영화들은 기억하는 것보다 느끼는 게 중요하다. 이 영화를 보고 내가 느낀 것은 '한때는 물건을 가득 실은 열차가 지나간 철로엔 이젠 아무것도 남지 않았구나. 우리 인생사도 그럴까?'였다.

그로부터 몇 년 후, 2017년에 개봉한 〈미세스 팡 方綉英〉에서 왕빙은 정말 한 노인이 죽어가는 과정을 카메라에 담는다. 할머니가 조금씩 생명을 잃어가는 과정에서 느껴지는, 설명할 수 없는 불안이 영화가 끝날 때까지 지속된다.

한 문장으로 요약하기 힘든 인생처럼, 한 줄로 설명하기 힘든 주제 때문에 긴 영화가 탄생한다. 이런 영화들은 절대 담을 수 없는 인간의 시간, 역사의 시간, 공간의 시간을 어떻게든 담아내려는 의지의 산물이다. 머리가 지끈거리고, 배가 아프고, 잠이 올 수도 있다. 그래도 괜찮다. 775분짜리 긴 영화는 보는 게 아니라 느끼면 되니까.

〈아웃 원〉의 에피소드가 끝날 때마다 몇몇 관객들은 로비에서 쉬지 않고 얘기를 나눴다. 보통은 영화의 어떤 점이 훌륭했는지를 논하는데, 이 영화를 보는 이틀 동안은 줄거리를 맞추는 것만 해도 바빴다. 8개의 에피소드가 섞여 있어서 어느 게 먼저 일어난 일인지 알 수가 없었다. 아는 척 좀 해보려고 머리를 이리저리 굴렸지만, 기억나는 건 두 가지뿐이었다. 연극 무대를 준비하기 위해 몸을 비틀고 착지하는 연기자들의 모습과 고요한 연습실에 울리는 발소리. 〈아웃 원〉은 그런 영화가 아닐까?

기회가 된다면 다시 보고 싶지만, 솔직히 용기가 나지 않는다. 요즘 내 허리는 775분을 버티지 못한다. 그래서인지 긴 영화가 더 특별하게 느껴진다. 만든 사람에게도 보는 사람에게도 긴 영화는 큰 도전이다.

◆ ◆ ◆

유튜버 김시언의 하루 모음　　Part 2.

○

700편 넘는 영화를
기록하는 방법

　하루에 2편, 일주일에 10편, 1년이면 700편이 넘는다. 영화를 안 보는 날도 있지만, 하루에 5편을 볼 때도 있다. 일 때문에 봐야 하는 영화, 보고 싶어서 보는 영화, 오늘만 상영해주는 영화 기타 등등. 게다가 넷플릭스 같은 OTT 서비스(인터넷으로 각종 영상을 제공하는 서비스)가 대거 등장함에 따라, 봐야 할 영화는 셀 수 없이 많아진다. 거기에 영화감독들이 연출 혹은 참여한 드라마까지 챙겨 보려면 잠자고 먹는 시간 외에는 거의 영상만 봐야 한다.

　이를테면 이병헌 감독은 마약범을 잡기 위해 치킨집을 차린 형사들의 이야기 〈극한직업〉(2018)으로 천만 관객을 달성하고, 돌연 극장이 아닌 TV로 가서 로코 드라마 〈멜로가 체질〉(2019)을 연출했다. 고로 〈극한직업〉 이후의 이병헌 감독에 대해서 이야기를 하려면 〈멜로가 체질〉도 봐야만 한다. 〈극한직업〉은 111분이고, 〈멜로가 체질〉은 회

• • •

당 65분의 16부작 드라마로 총 1040분이다. 어쨌든 작년보단 올해가, 올해보단 내년에 봐야 할 작품이 더 많다.

그래서인지 많은 분이 "시선 님은 그 많은 영화를 언제다 봐요?"라고 묻지만, 사실 그것보다 더 큰 고민은 '그 많은 영화를 어떻게 기억하느냐'에 있다. 보는 건 시간을 쏟으면 그만이지만, 기록하는 건 시간을 들인다고 해도 쉽게 해결되지 않는다. 쉽게 말해서, 하루를 그냥 보내는 것과 하루를 일기장에 남기는 건 다르다. 게다가 매일 일기를 써야 한다면 완전 다른 얘기가 된다.

만약 내가 오늘 하루 동안 '상훈이 형'과 '휘병 님'을 만나서 밥도 먹고 영화도 봤다고 하자. 그날 저녁에 일기를 쓰려는데, 상훈이 형과 만난 얘기만 써야 할지 아니면 휘병 님이랑 밥 먹다가 그릇을 깨먹은 일까지 써야 할지 고민이 된다.

영화를 기록하는 것도 일기와 다르지 않다. 언제 어디서 봤는지, 감독은 누구인지, 어떤 배우가 출연해서 어떤 역할을 연기했는지, 영화의 러닝타임은 몇 분이고 상영 포맷은 무엇인지. 하나하나 적다 보면 끝이 없다. '양보다는 질'이라는 생각으로 그때그때 인상적인 영화만 기록하면 좋겠지만, 대중의 관심을 받지 못했던 영화가 시간이 지난 후에 갑자기 재발견되어 인기를 얻는 경우가 심심치 않게 생긴다. 예를 들어 봉준호 감독이 〈기생충〉(2019)으로 칸 영화제 황금종려상을 받을 때 했던 말을 떠올려보자.

> "I'm so sorry. I didn't prepare french(미안합니다. 프랑스어로 준비하지 못했어요)."
> "불어 소감을 준비하지 못했지만, 언제나 프랑스 영화를 보며 영감을 얻었습니다. 어린 시절부터 저에게 큰 영감을 준 앙리 조르주 클루조와 클로드 샤브롤, 두 분께 감사드립니다."

여기에 낯선 이름의 두 프랑스 감독이 등장한다. 앙리 조르주 클루조와 클로드 샤브롤. 자연스럽게 궁금증이 생긴다. '봉준호 감독은 왜 이들을 언급했을까?' 프랑스 영화제에 걸맞은 인물로 '프랑스의 히치콕'이라 불리는 앙리 조르주 클루조를 언급한 것이 하나의 이유라면, 다른 이유

◆ ◆ ◆

는 프랑스 영화인들에게 〈기생충〉은 언뜻 클로드 샤브롤 감독의 1995년 작품 〈의식 La Cérémonie〉을 떠올리게 하기 때문이다.

〈의식〉에선 하층계급에 속하는 두 여성, 잔과 소피가 부르주아로 대표되는 집에 들어가, 평화롭게 TV 오페라를 듣고 있던 일가족을 장총으로 죽여버린다. 고급스러운 성악이 울려 퍼지는 〈기생충〉의 박 사장네 정원에서 벌어진 일을 떠올려본다면, 이 두 영화가 어느 지점에서 교차되는지 알 수 있다. 내 영화 노트엔 〈의식〉의 마지막 부분을 이렇게 적어놨다.

> 📝 잔과 소피의 대화 소리와 총소리가 오페라에 곁들여 흘러나온다. 이는 부르주아를 비웃는 소리다. 영화라는 무대가 이제 막 시작된 느낌이다.

2010년 12월 19일에 〈의식〉에 대한 생각을 노트에 적어두지 않았다면, 봉준호 감독이 황금종려상 트로피를 들어 올린 2019년 5월에 아무것도 떠올릴 수 없었을 것이다.

이런 이유로 어느 영화도 가볍게 넘길 수 없다. 아무리 힘들고 귀찮아도 써야만 한다. 한 문장이라도 써놔야만 매년 700편씩 쌓이는 영화를 몇 년이 지나도 기억할 수 있다. 그런데 그 많은 영화를 어떻게 기록해야 할까? 나에게 이건 너무나 큰 숙제다.

취미라면 별점이나 한 줄 평을 남기는 것도 하나의 방법이 될 수 있겠지만, 나에겐 영화가 '일'이라서 그 기록만 가지고는 지나간 영화를 떠올릴 수도 정확한 분석을 할 수도 없다. 별점은 뜻 모를 도형이고, 한 줄 평은 말하기엔 멋있지만 곱씹기엔 내용이 부족하다. 게다가 앞서 말한 〈의식〉 같은 영화는 그때가 아니고선 다시 보기도 힘들다. 그 영화를 인터넷에서 볼 방법은 없다.

결국 내가 선택한 방법은 공책에 글을 써서 남기는 것이었다. 2010년까지만 해도 A4 용지 크기의 공책에 일기 쓰듯 영화를 기록했다. 손으로 글을 쓰면서 한 번 더 생각할 수 있다는 아주 좋은 장점이 있지만, 쌓여가는 공책을 보관하는 일이 쉽지 않았다. 이사할 때마다 사라지기도 했고,

◆◆◆

먼지가 쌓이거나 물에 쉽게 훼손되기도 했다. 무엇보다 예전에 쓴 글을 찾으려면 탑처럼 쌓인 공책을 뒤지고 펼치며 수동 검색해야 했다. 그렇게라도 찾으면 다행이지만, 몇 번을 찾아도 없어서 짜증을 내거나 포기한 적도 많았다.

그러다 2010년쯤부터 '이글루스egloos'* 에 본격적으로 비공개 글을 남기기 시작했다. 연도별로 글을 분류해줄 뿐만 아니라 검색으로 원하는 글을 쉽게 찾을 수 있었기 때문에 공책에 기록하면서 느낀 단점들을 보완해줬다. 그리고 가끔 글을 공개로 전환하면 익명의 독자로부터 피드백을 받을 수도 있었는데, 그것에 욕심이 생겨 조금씩 공개로 글을 올리기 시작했다.

사람 마음이 참 간사한 게, 처음에는 그냥 기록하기 위해서 썼는데 조회수가 늘어나자 더 늘리고 싶어졌다. '조회수가 조금이라도 더 잘 나왔으면' 하는 바람에 네이버 블로그로 무대를 옮기게 됐다. 그러다 보니 어느 순간부터 기록을 위한 솔직한 글이 아니라 보여주기 위한 멋진 글을 쓰고

● 2003년부터 시작해 국내 블로그 서비스 중 가장 오랜 역사를 가진 가입형 블로그 전문 서비스.

있었다. 변화가 필요했고, 영화 기록을 위한 새로운 도구를 찾아야만 했다.

이런 고민을 하기 시작한 시점부터 영화 시장도 크게 바뀌고 있었다. 앞서 말했듯 넷플릭스가 국내로 진출했고, 지나간 영화들이 배지나 포스터를 달고 '재개봉'이란 이름으로 극장에 다시 걸리고 있었다. 따라서 더 많은 영화를 쉽게 정리하고 기록할 방법이 필요했다.

고민이 깊어질 즈음, 크라우드 펀딩 플랫폼 '텀블벅' 웹 개발팀에서 일하는 김괜저 님이 내 얘기를 듣더니 생소한 사이트 하나를 알려줬다. "시선 님, 이게 샌프란시스코에 본사를 둔 벤처 회사가 만든 사이트인데 국내에서 쓰는 사람은 거의 없지만, 해외에선 활발하게 사용되고 있어요. 약간 엑셀하고 비슷하다고 보시면 됩니다." 그렇게 소개받은 '에어테이블 Airtable'의 행과 열로 이뤄진 스프레드시트는 정말 엑셀과 비슷한 모습을 하고 있다.

인터넷판 엑셀로 보이는 에어테이블의 가장 무서운 기능은, 각 항목이 링크되어 서로 자동 연결되는 것이다. 이

◆ ◆ ◆

건 엑셀에는 없는 기능이다. 이를테면 봉준호 감독에 대한 글을 하나둘 기록하여 데이터를 쌓은 뒤 '봉준호' 탭을 누르면 영화 리스트가 한눈에 보인다. 그 리스트를 타고 내가 어떤 영화를 봤는지, 내가 남긴 '기록'은 뭐가 있는지 손쉽게 찾아볼 수 있다.

이런 식으로 수백 편의 영화 기록을 남기면, 내가 모르는 연결점도 발견할 수 있게 된다. 평소에 영화마다 촬영감독의 이름을 적어뒀다면, '홍경표'를 누르는 것만으로도 〈지구를 지켜라!〉(2003) 〈버닝〉(2018) 〈기생충〉을 촬영했다는 사실을 단번에 확인할 수 있다. 이 경우는 익숙한 이름이라 특별해 보이진 않지만, 생소한 감독이나 배우 수천 명을 등록한다면 이 자료는 나만의 영화 백과사전이 될 수 있다. 영화를 본 장소, 상영 포맷, 각종 평가 항목 등을 더해 더 많은 영화를 등록할수록 내게 필요한 정보를 제공하는 강력한 도구가 된다.

영화를 기록하기 위해 반드시 '에어테이블'을 사용해야 하는 건 아니다. 다만 시대에 맞게 영화를 기록하는 방법도 달라져야 한다. 끊임없이 새로운 것들이 쏟아지고, 또 그만큼 빠르게 잊히는 시대다. 기록만이 나를 지키는 방법이라 믿는다. 시간은 많은 것을 소멸시키지만, 내 기록만 남아 있다면 무엇이든 다시 되살릴 수 있다.

◆ ◆ ◆

○

넷플릭스의 기억
: 아이패드보다 포스터에 매수당했다

　내가 넷플릭스 일을 처음 시작한 건 2017년 1월이었다. 당시 대부분의 사람들은 '넷플릭스'의 존재를 잘 알지 못했다. 넷플릭스 소개 영상을 올리면 구독자들이 이렇게 묻곤 했다. '시선 님 넷플릭스가 뭐죠?' '유료인가요?' '형, 이거 어디서 볼 수 있나요?' 오죽하면 이런 질문들이 나올까. '넷플릭스에서 볼 수 있어요'라고 답했지만, 그것만으로는 설명이 부족했다. 국내 진출 초기에는 그 정도로 넷플릭스의 인지도가 낮았다.

　1998년 온라인 DVD 대여 업체로 출발한 넷플릭스는, 택배로 DVD를 대여해주면서 시장을 장악하더니 2007년 스트리밍 업체로 거듭나 지금의 넷플릭스가 됐다. 무엇보다 〈하우스 오브 카드 House of Cards〉(2013~2018) 〈기묘한 이야기Stranger Things〉(2016~) 〈킹덤〉(2019~) 같은 자체 제작 드라마를 통해 1억 명 이상의 구독자를 확보하며 거대

기업으로 성장했다.

몇 년 전, 넷플릭스는 계약을 앞둔 영화 크리에이터들을 위한 파티를 마련했다. 온라인 스트리밍을 위주로 서비스하는 기업이라서, 이런 오프라인 행사에서 겪은 일들이 무척이나 신선했다. 그때의 기억이 오래 남아서 지금까지도 주변 사람들에게 동화 들려주듯 말하곤 한다.

그날은 봄과는 좀 거리감이 느껴지는, 매우 추운 날이었다. 만남의 장소는 이태원 어느 언덕에 위치한 레스토랑이었는데, 날이 몹시 추워서 걸어가는 내내 힘들었다. 약속 장소에 도착하자 관계자분이 이름이 적힌 목걸이를 줬다. 주위를 둘러보니 긴 식탁 위에 다양한 음식들이 놓여 있었고, 다른 분들은 이미 좌석에 앉은 상태였다.

본격적인 행사가 시작되기 전이라 앞에 앉은 분들과 넷플릭스에 대한 이야기를 주고받았다. 당시엔 한국에 소속 직원이 따로 있지 않았기 때문에 파티 자리에 있던 넷플릭스 관계자는 대다수가 마케팅 회사의 직원분이었다. 홍보에 관련된 얘기도 좋았지만, 나는 조금 더 넷플릭스를 깊

◆ ◆ ◆

이 아는 분과 대화를 해보고 싶었다. 가까이 앉은 사람 중 넷플릭스 관계자가 딱 한 명 있었는데, 아시아 지역을 담당하는 팀장님이었다. 살짝 자리를 옮겨서 그분과 대화를 시작했다.

팀장 : 아, 시선 님. 영상 잘 보고 있습니다.

시선 : 감사드려요. <하우스 오브 카드>도 너무 좋았지만 <기묘한 이야기>가 더 좋았어요. 스티븐 킹 소설을 배경으로 스티븐 스필버그 감독의 연출을 보는 느낌이었거든요. 저는 그렇게 덕질 요소가 많은 작품이 더 좋더라고요.

팀장 : 맞아요. 저도 그 작품들 좋아합니다. 이번에 만드신 영상도 잘 봤어요.

시선 : 근데 제가 이번에 만든 소개 영상이 조회수가 많이 나오지 않아서…….

팀장 : 신경 쓰지 마세요. 넷플릭스는 그게 중요하진 않습니다.

왜 그런지 물어보려던 찰나에 행사가 시작됐다. 기운 내라는 의미로 그냥 예의상 한 소리였을 수도 있지만, 그렇게 느껴지진 않았다. 왠지 그 말 속에 넷플릭스만의 영업 전략과 철학이 담겨 있는 것 같았다.

한국에 서비스를 막 시작하던 시기여서 그런지 회사 소개로 행사가 시작됐다. 짧게 정리된 홍보 PPT 같은 간략한 소개가 지나고, 식순에 따라 이후 행사가 진행됐다. 행사의 마지막에는 작은 퀴즈 대회가 열렸다. 몇 가지 힌트를 주고 넷플릭스 오리지널의 작품명을 맞히는 것이었는데, 난 하나도 맞히지 못했다. 아무래도 난 퀴즈에 소질이 없는 것 같았다.

행사가 마무리되고 잠시 토크 시간이 이어졌다. 행사 내내 집중하지 못하고 넷플릭스에게 중요한 건 뭔지 고민했던 나는, 토크 시간이 되자마자 아시아 지역 팀장님에게 다가갔다.

"아까 영상 조회수가 나오지 않아도 괜찮다고 하셨는데, 왜 그런 건가요?"

1시간이 지났는데 아직 자신의 말을 기억하고 있는 것

◆◆◆

이 신기했는지, 유쾌하게 웃고 나서야 답을 주었다.

"시선 님, 넷플릭스는 앞으로도 더 많은 오리지널 콘텐츠를 제작할 계획입니다. 독자분들이 모든 작품을 좋아할 필요는 없어요. 시선 님이 소개한 작품을 좋아하면 좋겠지만 그렇지 않아도 상관없습니다. 그걸 계기로 더 다양한 작품을 볼 테고, 그중 하나라도 마음에 든 작품을 발견한다면 된 거죠. 그리고 그런 독자분들은 웬만해서는 구독을 취소하지 않아요. 넷플릭스는 앞으로도 각기 다른 취향을 가진 독자가 좋아할 단 한 작품을 위해 수많은 작품을 만들 겁니다. 그러니 걱정하지 않으셔도 돼요."

그때는 그게 무슨 말인지 정확하게 이해하지 못했지만, 지금은 충분히 이해된다. 넷플릭스는 2017년 6월 〈옥자〉를 통해 국내 관객들에게 강렬한 인상을 남긴 이후로 꾸준히 오리지널 작품을 내놓으면서, 다양한 취향을 수렴하는 플랫폼으로 한국에서도 많이 사랑받고 있으니까.

그래서일까? 요즘 넷플릭스 소개 영상을 올리면, '어디서 봐야 하는지' 물어보는 댓글 대신에 '보고 올게요' '이 작품 정말 재밌어요!' '저는 결말이 이상하게 끝나서 별로

였어요' 등의 솔직한 의견이 실시간으로 올라온다. 그만큼 넷플릭스 인지도는 넓어졌다. 오늘의 독자들은 자신의 취향에 따라 작품 평을 남기고, 실망한 작품이 있어도 넷플릭스 구독을 취소하지 않는다. 일주일만 지나면 새로운 작품이 나올 테고 언제든 취향에 맞는 작품을 만날 수 있으니까. 그날 모임에서 들었던 '넷플릭스의 전략'이 지금까지 잘 이어져서 꽃을 피운 느낌이다.

넷플릭스는 참 무서운 기업이다. 내가 무섭다고 생각한 이유는 그날 행사 마지막에 나눠 준 두 가지 '특별 선물' 때문이다. 첫 번째 선물은 넷플릭스 오리지널 드라마 포스터 액자였다. 며칠 전 행사에 참석할 예정인 사람들 각각에게 좋아하는 오리지널 시리즈를 물어봤는데, 그걸 포스터 액자로 제작해서 증정한 것이다. 나는 넷플릭스 오리지널의 시초 〈하우스 오브 카드〉의 포스터를 받았다. 포스터는 정말 멋졌는데, 사전에 각 참석자의 취향을 파악하고 그에 따른 증정품을 별도로 제작했다는 점이 더 감동적이었다.

◆ ◆ ◆

영상을 제작하건 영화에 대한 글을 쓰건 이런 대접은 처음 받아본 것 같았다. 그곳에 모인 사람들 각자의 취향을 존중해주는 선물이었다. 이후로도 넷플릭스는 영상 제작에 있어서 창작자들 각각의 스타일을 존중해줬다.

두 번째 선물은 아시아 담당 팀장님의 멘트로 시작됐다.

"혹시, 넷플릭스 뭐로 보세요?"

"TV요."

"스마트폰이요."

팀장님은 사람들의 답변에 재빠르게 말을 이어갔다. "앞으로는 이걸로 보세요"라며 건네준 건 바로 '아이패드'. 이 선물에는 두 가지 의도가 숨어 있다. 넷플릭스의 강점은 지구상에 존재하는 모든 기기에서 재생이 가능하다는 점이다. 스마트폰과 TV뿐 아니라 아이패드까지, 다양한 기기에서 넷플릭스를 볼 수 있다는 자신들의 강점을 다시 한번 인식시킴과 동시에, 큰 화면의 기기에서 훨씬 더 즐거운 감상을 할 수 있다는 것을 간접적으로 보여준 셈이었다. 단순한 선물이 아니라 자신들의 철학을 보여주는 멋진 마케팅이었다.

행사장을 떠나는 사람들 손에는 아이패드가 담긴 쇼핑백이 들려 있었다. 나도 양손에 선물을 들고 거리를 걸었다. 분명히 추운 날씨였는데, 언덕을 올라올 때와 달리 내려갈 때는 정말 따뜻했다. 왼손에는 내가 좋아하는 오리지널 포스터 액자가, 오른손에는 아이패드가 들려 있었기 때문일까.

어느 하나만 마음에 들어도 구독 취소는 하지 않는다는 팀장님의 말처럼, 우리 모두 둘 중 하나를 마음에 들어 했다. 누구는 아이패드가 생겼다고 좋아했고, 누구는 둘 다 마음에 들어 했다. 나는 아이패드도 좋지만 〈하우스 오브 카드〉 포스터 액자가 참 마음에 들었다. 그 큰 액자를 들고 지하철을 타도 전혀 불편하지 않았다. 오히려 내내 마음이 흡족했다. 마치 세상 사람들에게 내 취향을 자랑하는 느낌이랄까? 그렇게 나는 넷플릭스에 매수됐다. 지금까지도.

◆ ◆ ◆

○
주인공은
장동건으로 선택했다

　스릴러의 아버지 '앨프리드 히치콕'은 영화의 기본은 첫째도 둘째도 '시나리오'라고 말했다. 쉽게 말해 영상보다 글이 더 중요하다는 건데, 그 이유는 간단하다. 시나리오 단계에서 만들어진 인물과 배경에 따른 이야기를 촬영 단계에서는 쉽게 바꿀 수 없기 때문이다. 현장에서 즉흥으로 글을 쓰는 홍상수 감독 같은 경우가 아니라면, 촬영 단계에선 시나리오 자체를 수정할 방법은 없다. 급하게 수정할수록 촬영 횟수는 증가하고 제작비도 덩달아 늘어나니까.
　이런 이유로 시나리오는 영화 촬영 단계에 들어가기 전, 무수히 많은 수정을 거친다. 〈기생충〉의 초기 시나리오에선 박 사장네와 기택네, 두 가족뿐이었지만 수정 단계를 거치면서 세 가족이 됐다. 만약 지하실 '문광 부부'가 존재하지 않았다면, 이 영화가 이토록 매력적일 수 있었을까? 즉, 시나리오는 계속 고쳐야만 한다. 그런데 어디를 어떻게 고쳐야 할지, 창작자 스스로 알기란 쉽지 않다. 그래서 영화사는 '영화 시나리오 모니터링'이란 걸 한다. 시나리오를 읽고 제3자의 시선에서 본 의견을 듣는 자리를 마련하는데, 단기 알바로 모집하기도 하고 가까운 지인이나 전문가에게 요청하기도 한다.

내게도 종종 시나리오 모니터링 요청이 들어온다. 맨 처음 이 작업에 관심을 갖게 된 이유는 영화의 '성장'에 대한 이상한 호기심 때문이었다. 영화가 '성숙한 어른'이라면, 시나리오는 아직 '미성숙한 아이'라서 시나리오 모니터링을 통해 그 아이가 멋지게 성장할 수 있도록 도와줄 수 있다. 언뜻 신의 눈으로 인간이 성장하는 모습을 지켜보는 느낌이랄까. 그래서 예전에 읽은 시나리오가 스크린에 걸려 관객들에게 박수 받는 모습을 보고 있으면, 내가 찍은 영화가 아닌데도 나도 모르게 흐뭇해진다.

시나리오 모니터링 제안은 전화나 메일로 오는데, 일정이 잡히면 직접 영화사에 방문한다. 회사에 도착하면 간단한 얘기를 주고받는다.

◆ ◆ ◆

"시선 님, 잘 읽어주세요. 호호호."

"아이고, 이번 영화 저도 정말 기대됩니다. 하하하."

영화판도 사람 사는 곳이라 적당한 인사치레가 필요하다. 간단한 인사가 끝나면 3평 남짓한 공간으로 안내받고, 곧이어 묵직한 A4 묶음이 건네진다. 아직 확정된 시나리오가 아니라서 제본된 책 형태는 아니고, 첫 페이지에 적힌 태명 같은 가제가 전부다.

"시선 님, 다 읽은 뒤에 카톡 주세요." 관계자분이 문을 닫고 나가면, 그때부터 반강제 감금 상태가 된다. 적게 잡아도 200쪽에 이르는 시나리오를 다 읽지 못하면, 이곳에서 나갈 수 없는 공포 영화 같은 시작. 매번 '이걸 언제 읽지'란 생각이 들지만 막상 읽기 시작하면 순식간에 읽힌다.

솔직히 난 이 과정을 좋아한다. 이게 얼마나 재밌냐면, 영화는 이미 정해진 배우와 배경을 눈으로 따라가야 하는 반면, 시나리오는 오직 내 상상만으로 이미지를 채워 넣어야 하기 때문에 훨씬 흥미진진하게 느껴진다. '겉보기엔 성실한 남편이지만, 실체는 외계인이라면 어떤 얼굴과 체형을 가졌을까?' '사랑하는 남녀가 헤어진 길거리는 어떤 모습일까?' '홍대 앞처럼 상가들이 줄지어 있는 번화가일까, 아니면 노량진 골목처럼 조용한 거리일까?' 이런저런 상상을 더하면서 시나리오를 읽으면, 아직 만들어지지 않은 영화를 내 손으로 직접 만들어가는 기분이 든다.

아무리 두툼한 시나리오라도 대략 한두 시간 정도면 다 읽는다. 그대로 집에 돌아가면 좋겠지만 일은 그때부터 시작이다. 직원이 들고 온 노트북에 설문 사이트가 떠 있는데, 그걸 다 작성해야 집에 갈 수 있다. 예전엔 두꺼운 종이 설문지를 주곤 했는데 요즘엔 구글 폼으로 대체됐다. 영화사마다 조금씩 차이는 있지만, 문항 수는 어림잡아 200개가 넘는다. '뭔 질문이 그리 많을까'란 생각도 들지만 시나리오를 하나하나 뜯어보려면 문항이 많아질 수밖에 없다.

'이 영화를 주변인에게 추천해주시겠나요?'로 시작해서 각 신('#'으로 표기되어 영화를 이루는 수많은 장면들)별로 점수를 매겨야 하는 수십 개의 문항이 줄지어 기다리고 있다. 〈극한직업〉을 예로 들면, 경찰들이 건물을 습격하는 장면, 오토바이를 타고 쫓는 장면, 어쩌다 치킨집을 인수하

◆◆◆

게 된 장면 등 하나하나 세부적으로 나눠서 0점부터 5점까지 점수를 주게 된다.

엄청나게 고민하며 점수를 주는 분들도 있겠지만, 내가 점수를 주는 요령은 스치듯이 지나가며 점수를 주는 거다. 장면 한 컷 한 컷을 사진 찍듯 유심히 보며 영화를 즐기는 관객은 많지 않을 것이다. 영화는 1초에 24장이 빠르게 지나가는 예술이고, 관객은 영화관을 나오면서 각자가 인상적으로 본 장면의 이미지나 대사를 통해 영화를 회상하기 때문이다. 그래서 나는 시나리오도 영화 보듯 읽어나간다. '미끼를 확 물어분 것이여' '어이가 없네' '니 내 누군지 아니'처럼 기억에 남는 장면은 4점, 상상했을 때 너무 재밌을 것 같으면 5점, 그 외에는 3점을 준다. 식상하거나 없어도 될 장면은 과감하게 1점.

그렇게 질문지 중반부를 넘어가면 '캐스팅'에 대한 질문이 나온다. 캐스팅에 관한 부분은 '만약 내가 감독이라면, 어떤 배우를 주인공/조연을 시킬까?'를 묻는 건데, 나는 이 질문이 가장 설렌다.

요즘 들어 영화에서 '어떤 배우가 연기를 하느냐?'가 점점 더 중요해지고 있다. 이유는 크게 두 가지다. 하나는 투자를 잘 받기 위해서, 다른 하나는 이야기를 끌고 가는 주체이기 때문에. 출연 배우가 누구냐 하는 문제는 투자자와 관객 양쪽 모두에게 중요하게 작용한다.

시나리오를 읽고 나면, 각 캐릭터가 '이렇게 생기지 않았을까?' 하고 추측하게 된다. 이를테면 매일같이 사람이 죽어나가는 도시가 있다고 해보자. 그곳엔 악랄한 조직폭력배가 있고, 누구도 쉽게 그들을 제압하지 못한다. 그런데 '힘'으로 그들을 쓸어버린 베테랑 형사가 있다면, 그는 어떤 모습일까? 의리도 있고, 어울리지 않게 감정적이기도 한 형사. 〈범죄도시〉(2017)의 마동석, 〈베테랑〉(2015)의 황정민, 〈인정사정 볼 것 없다〉(1999)에선 박중훈 배우가 캐릭터를 아주 맛깔나게 살렸다. 시나리오 단계에선 얼굴 없는 캐릭터지만, 영화를 본 관객들의 기억 속엔 배우의 얼굴이 곧 그 캐릭터가 된다.

다음은 '주인공은 누굴 캐스팅하시겠습니까?'라는 질문인데, 주인공에 어울릴 만한 5명의 배우 사진이 함께 뜬

• • •

다. 만약 다 마음에 안 들면 '다른 의견'을 클릭하고 배우 이름을 입력하면 된다. 금방 선택할 수 있을 것 같지만, 막상 해보면 쉬운 것 같으면서도 가장 어렵다. 고독한 형사 역에는 이 배우가 잘 어울리고, 감정 없는 살인마 역에는 이 배우가 '딱'이라고 생각해버리면 쉽지만, 누가 봐도 떠올릴 법한 배우와 캐릭터의 조합은 너무 뻔해서 선뜻 선택하기 쉽지 않다. 영화에서 캐스팅 디렉터가 따로 존재하는 이유다.

그래서 요즘엔 이를 바꿔서 선택하기도 한다. 누가 봐도 범죄자가 잘 어울리는 배우를 형사로 선택하고, 형사 같은 배우에겐 살인마 배역을 주는 거다. 포악한 얼굴이 어울리는 주연급 악당에 장동건처럼 잘생긴 배우를 캐스팅하면 어떤 느낌이 될까? 실제로 그런 질문이 반영된 사례가 〈창궐〉(2018)의 '김자준'이다. 이 영화에서 장동건은 좀비를 이용해 조선을 장악하려는 악당 역을 맡았다. 장동건이 악당이라고? 그만큼 좋은 반전이 없다.

이런 식으로 시나리오 단계에선 내 마음대로 배우들을 캐스팅해볼 수 있다. '이 배역에 이 배우는 어떤 느낌일까?'

'내가 선택한 배우들이 연기하게 될까?' '아니면 생각지도 못한 배우가 연기를 하게 될까?' 시나리오 모니터링은 미완성된 영화를 온전히 내 상상만으로 꾸밀 수 있는 일이다.

몇 시간에 걸쳐서 설문까지 마치고 나면, 영화 관계자와 마지막 인사를 나누는 때가 온다. 사실 이때가 가장 난감하다. 물론 시나리오가 좋으면 아무 문제가 없다. "이거 정말 좋네요, 빨리 영화 보고 싶어요" "누가 연출한다고 하셨죠?" 등등 저절로 대화가 이어진다. 하지만 그게 아니라면 적당히 예의를 차려야 할지, 애정을 담아 솔직하게 이야기해야 할지 빠르게 판단해야 한다. "정말 좋네요"라고 말하면 마음이 편하지만 "솔직히 말해서 이 부분은……"이라고 말해야 죄를 짓지 않는 느낌이다. 솔직히 요즘엔 죄를 좀 더 많이 짓고 살고 있다.

◆ ◆ ◆

○

뽕망치를 들고
인터뷰를 해볼까

'음식을 먹으면서 인터뷰해볼까?' 아니면 '뽕망치 게임으로 분위기를 풀면 더 좋은 얘기들을 들을 수 있을까?' 영화 관계자 인터뷰는 이런 고달픈 고민을 하게 하는 일이다. 만나기 힘든 스타 배우나 천만 관객이 사랑한 영화를 찍은 감독이라면 더더욱 그렇다. 단 10분짜리 인터뷰라도 쉽지 않은 과정을 거쳐야 한다. 인터뷰는 많은 사람들의 이해관계가 얽혀 있는 욕망 그 자체니까.

모든 인터뷰가 그런 것은 아니지만, 대부분의 인터뷰는 '홍보' 시기에만 가능하다. 작가는 책을 쓰고 출간된 다음에야 '홍보'를 빌미로 인터뷰가 가능해지고, 감독 또한 기나긴 촬영과 편집의 늪에서 헤어 나온 뒤에야 인터뷰가 가능해진다. 하지만 어떤 경우엔 편집이 아직 덜 된 상태의 영화를 보고 인터뷰를 해야 할 때도 있다. 한 달 전에 본 그 영화가 그랬다.

그 영화는 아직 결말이 정해지지 않은 영화였는데, 대략 3개의 결말이 후반부에 연이어 등장했다. 깜짝 놀라서 영화사 직원에게 어떻게 된 것인지 물었는데, 아직 감독이 결말을 정하지 못했다고 했다. 그로부터 며칠 뒤, 영화감독과의 인터뷰가 잡혔다.

결말에 대한 질문이 있어서, 3개의 결말 중 어떤 것으로 정했는지부터 물었다. 물론 그 질문과 답을 내보내지는 못했다. 영화에서 '결말'은 금기의 영역이라, 인터뷰라고 할지라도 그걸 지면이나 영상에서 공개할 수는 없다. 사실 그게 참 아쉽다. 관객이 가장 궁금할 부분인데.

이제 막 개봉한(할) 작품을 관객에게 소개하기 위해 나온 감독이나 배우에게 인터뷰는 너무나 당연하게도 '홍보' 그 이상이 될 수 없다. 관객들이 영화를 제대로 즐기기도 전에 인터뷰를 통해 영화 내용이 자세히 언급된다면 해석의 폭이 현저히 줄어들기 때문이다. 답이 정해진 영화를 어떤 관객이 즐기고 싶을까. 이 점을 이해하기 때문에 인터뷰 내용은 단순하더라도 형식적인 질문들로 채워지게 된다. 감독에겐 '영화 소개 부탁드릴게요' 배우에겐 '이 영

♦♦♦

화에서 연기한 인물은 어떤 캐릭터인가요?'라고 묻는다. 그나마 한두 개라도, 내가 궁금한 것을 질문할 수 있으면 다행이다.

그리고 여기엔 영상 인터뷰가 가진 특유의 한계도 분명히 존재한다. 글이 아닌 말로 답하는 것이기에 관계자라면 누구나 부담을 느낀다. 모두가 그런 것은 아니지만 감독은 카메라 뒤가 익숙하기 때문에 앞에서는 어색하고, 배우는 카메라 앞이 너무 익숙한 나머지 인터뷰도 연기처럼 느껴진다. 그리고 이런 현장의 분위기는 편집된 영상에도 남아 있다. 제아무리 뛰어난 영상 편집자라도 인물의 표정까지 수정할 수는 없으니까.

인터뷰 경험이 아주 많은 것은 아니지만, 그동안 인터뷰를 대충하거나 무례한 느낌을 주는 감독이나 배우를 만난 적은 한 번도 없었다. 내가 운이 좋은 걸까? 내가 만난 사람들은 모두, 조금이라도 더 영화를 알리기 위해 노력했다.

올 초에 어떤 배우와 인터뷰를 오후 4시에 하게 됐는데, 촬영 들어가기 전부터 표정이 좋지 않았다. 알고 보니 그날 오전 10시부터 다수의 매체와 인터뷰를 했는데 하필이면 내가 마지막 순서였던 것이다. 무려 6시간 가까이 선배들 틈에서 말하기를 반복했으니 피곤한 게 당연했다. 그런데 막상 촬영에 들어가니 언제 그랬냐는 듯이 표정부터 달라졌다. 첫 인터뷰처럼 열정적으로 영화를 소개하고, 질문에 답해주었다. 물론 녹화 시작한 지 80분 정도가 지나자 배우의 목소리가 조금씩 갈라지는 느낌이 들어 급하게 마지막 질문으로 인터뷰를 마무리했다.

그들은 왜 이토록 인터뷰를 열심히 하는 걸까? 영화 홍보에 조금이라도 도움이 되길 바라기 때문이다. 영상 인터뷰를 통해 관객들이 영화에 더 관심을 갖고, 더 많이 보러 와주길 바라니까. 영화 당사자와 관계자들은 이렇듯 한마음으로 영화를 홍보한다. 그런데 초점이 '홍보'에만 맞춰지다 보니 정작 '영화'엔 소홀해지는 경우도 있다. 이를테면 영화 제목으로 삼행시를 짓는 일은 감독과 배우의 순발력이 얼마나 뛰어난지 알 수 있게 해주지만, 감독이 영화의 특정 장면을 왜 그렇게 연출한 것인지 배우가 자신의 캐릭터를 위해 어떤 고민을 했는지는 알려주지 못한다. 그

◆ ◆ ◆

렇다고 삼행시를 비난하려는 의도는 없다. 영화를 이해하는 데에는 큰 도움이 되지 못하지만, 그런 노력들은 현장 분위기를 풀어주고 조금 더 편안한 상태로 촬영할 수 있게 해주니까.

화면으로 보이는 인터뷰 등장 인원은 당사자 몇 명이 전부지만, 그 반대편엔 다수의 관계자들이 지켜보고 있다. 영화사 직원, 홍보사 직원, 소속사 직원 등등. 적게는 5명에서 많게는 20명 정도가 서 있다. 그러니까 현장 분위기를 편하게 만든다는 건, 단지 인터뷰 당사자만을 위한 것이 아니다. 현장에 있는 모두가 편하게 웃을수록 인터뷰가 잘된 느낌이 든다.

그래서일까? 요즘 인터뷰는 음식도 먹고 게임도 하는 등 갖은 방법으로 현장 분위기를 최대한 살리려고 한다. 이런 인터뷰는 동시에 관객에게도 색다른 재미를 선사하고 있다. 이처럼 모두가 최선을 다하고 있지만, 그럼에도 나는 왜 만족하지 못하는 걸까?

나는 영화에 참여한 관계자의 말을 들어보는 것이 그 영화를 더 잘 이해하는 좋은 방법이라고 믿는다. 영화를 보고 나름의 해석을 내놓는 것도 의미 있지만, 감독의 말을 통하면 장면의 의도를 보다 또렷하게 이해할 수 있다.

일전에 〈윤희에게〉(2019)란 영화를 보며, 특이한 지점을 발견한 적이 있다. 주인공 윤희가 기차를 타고 목적지로 가는 장면이었다. 기차는 좌측으로 이동하고 있는데, 이상하게도 윤희가 앉은 자리의 창문 밖 풍경은 우측으로 흘러가는 것이다. 영화 상영 후 이어진 관객과의 대화 자리에서 나는 이 장면을 두고, 기차는 이동하고 있지만 윤희의 마음은 반대로 가고 있는 것을 표현하는 것이라 해설했다. 내 얘기를 듣던 관객 한 명이 '얼마 전에 감독한테 듣기론 그 장면은 그냥 그렇게 찍힌 것'이었다며 반박했다. 나는 그 의견을 담담하게 수용했다. 감독이 그렇게 말한 걸 두고 내가 억지로 의미를 부여할 순 없었다. 내가 아는 한 영화를 가장 잘 설명할 수 있는 사람은 감독이며, 그의 말을 적은 인터뷰는 최고의 영화 비평이니까.

영화 역사상 이 사실을 가장 잘 보여준 사례는, 트뤼포가 쓴 《히치콕과의 대화》(한나래, 1994)란 책이다. 프랑스 영화평론가이자 〈400번의 구타 The 400 Blows〉(1959)로 전 세계에 자신의 이름을 알린 프랑수아 트뤼포는 당시 '돈 되는 영화만 찍는 게 아니냐'는 평을 받는 앨프리드 히치콕에게 인터뷰를 요청했다. 당시 이름값만 놓고 생각해본다면, 히치콕은 샤워 신으로 유명한 〈싸이코〉를 비롯한 40여 편의 영화로 이미 관객들에겐 흥행 보증 수표였고, 트뤼포는 이제 막 영화 잡지에 글을 쓰던 젊은 청년이었을 뿐이다. 하지만 1962년 히치콕은 인터뷰를 승낙했고, 두 사람은 7일 동안 오전 9시부터 오후 6시까지 어떤 간섭도 없이 영화에 대한 수다를 떨었다.

트뤼포 말에 의하면, 점심시간까지도 인터뷰를 했다고 하니 그 분량이 얼마나 방대했을지 상상조차 되지 않는다. 그렇게 출간된 《히치콕과의 대화》는 마틴 스코세이지, 데이비드 핀처, 웨스 앤더슨에 이르는 수많은 감독들에게 영향을 끼치며, 영화 역사상 가장 위대한 영화 비평 책이 됐다.

이 영향을 받은 나는 인터뷰 현장에 갈 때마다 트뤼포

병에 걸려서 어떻게든지 영화에 도움이 될 인터뷰를 하고 싶었지만 생각처럼 되지 않았다. 현장엔 항상 사람이 많았고, 영화는 누구 한 명의 영화가 아니라 수많은 관계자들의 욕망이 얽혀 있는지라, 내 질문은 좀처럼 살아남기 힘들었다. 이건 이래서 지워지고, 저건 저래서 사라진다.

'내 질문을 지킬 방법이 없을까?' 몇 달을 고민하다가 떠올린 방법이 '전화 인터뷰'였다. 전화는 시간과 공간에 구애받지 않고, 일대일로 이어지기 때문에 오직 감독과 나, 둘만이 서로에게 온전히 집중할 수 있다.

전화 인터뷰를 처음 시도한 영화는 2020년 3월에 개봉을 앞둔 〈찬실이는 복도 많지〉였다. 인터뷰가 예정된 영화는 아니었지만, 영화를 보다가 배나무처럼 생긴 나무를 쳐다보는 찬실이의 모습이 자꾸 생각나서 영화사를 통해 감독님께 여쭤봐달라고 문의했는데 감독님이 직접 설명을 해주겠다고 나선 것이다.

이참에 전화 인터뷰를 시도해봐야겠다는 생각이 들었고, 며칠 뒤 오전에 감독님과 얘기를 나눌 수 있었다. 직접 뵙고 하는 인터뷰는 아니지만 지면 인터뷰보다는 훨씬 더

• • •

● REC

진솔한 대화를 나눌 수 있었다. 감독님과 이야기 도중 뜻밖의 수확도 있었다. 영화를 보면서 궁금하다고 생각한 장면이 있었는데, 거기에 등장한 배나무가 실은 '모과나무'라고 했다. 찬실이란 이름이 '빛날 찬' '열매 실'이란 뜻을 가졌기 때문에 그 상징성을 나타내기 위해 모과가 달린 나무를 찍게 된 것이라고 했다. 다시 생각해보니 백수가 된 찬실이에겐 열매가 열린 모과나무가 큰 위로가 됐을 것 같았다.

　이후로도 꾸준히 다양한 방법으로 인터뷰를 시도하고 있다. 장소를 바꾸거나 형식을 뒤틀면서 '트뤼포' 정도는 아니더라도 '영화를 더 사랑하게 만들 수 있는 인터뷰'를 꼭 내놓고야 말겠다고 다짐한다. 며칠 뒤에도 인터뷰가 예정돼 있다. 잘할 수 있을까?

　준비에서부터 촬영까지 대부분 혼자 담당하다 보니, 캠코더와 녹음기를 들고 현장에 출동할 때가 꽤 많다. 감독님이 도착하기 전에 카메라와 녹음기를 세팅해두고, 촬영이 끝나면 노트북으로 파일을 옮긴다.

• • •

집에 도착해선 파일을 정리하고 컷 편집만 해도 이틀이 사라진다. 오디오를 수정하고 자막까지 달면 일주일이 후딱 지나간다. 그렇게 올라간 영상에 반응이 적으면 그렇게 쓸쓸할 수가 없다. 인터뷰해준 감독님에게도 죄송하고, 힘이 빠진다. '영화 비평을 하는 최고의 방법은 인터뷰'란 생각이 없었다면, 이놈의 인터뷰는 진즉에 그만뒀을 것이다. 말은 이렇게 해도 다음에 누구를 인터뷰할지 생각하는 것만으로도 벌써부터 설렌다.

○

고레에다 히로카즈 감독을
만난 이야기

2019년 12월 2일에 걸려온 전화 한 통이 그날 하루를 설레게 만들었다. 전화 준 분은 영화 관련 일들을 처리해주는 류란 팀장님. "시선 님, 혹시 고레에다 히로카즈 감독님 좋아하세요?" 짧게 답하면 좋으련만, 관심 있는 주제가 나오면 자꾸 말이 길어진다.

"네, 물론이죠. 안 그래도 작년 4월에 고레에다 히로카즈 감독님이 TV 다큐멘터리 연출가 시절에 찍은 다큐멘터리들을 대구에서 상영해준다길래 급하게 내려가서 다 보고 왔는데요. 그때 느낀 게, 관객들이 좋아하는 〈아무도 모른다 誰も知らない〉(2004) 〈그렇게 아버지가 된다 そして父になる〉(2013) 이런 작품들 있잖아요? '가족'으로 이야기를 끌고 가지만 그 뒤에는 일본 '사회'의 그림자를 녹인 작품들인데, 그게 다 초창기 다큐멘터리에서

• • •

파생된 작품들이더라고요. 특히 환경청 관료의 자살을 통해 일본의 복지 문제를 다룬 〈그러나… 복지를 버리는 시대로 しかし…福祉切り捨ての時代に〉(1991)는 정말 흥미롭더라고요. 많이 배웠죠. 아, 근데 무슨 일 있나요?"

이런 경우가 워낙 흔해서 그런지 이번에도 이야기가 끝나길 찬찬히 기다리더니 팀장님이 말을 이어갔다. "고레에다 히로카즈 감독님이 이번에 1박 2일 일정으로 내한하시는데, 그때 인터뷰를 좀 하면 어떠냐는 얘기가 나와서요."

처음엔 15분 라운드 인터뷰였다가 30분 동안 진행되는 일대일 인터뷰로 변경됐다. 아무래도 여러 사람이 질문하는 라운드 인터뷰는 적은 시간에 다양한 매체에 기회를 줄 수 있다는 장점이 있지만, 추가 질문을 하기 어렵기 때문에 질문의 연속성이 떨어져서 자세한 이야기를 듣기 어렵다.

나는 고레에다 히로카즈 감독에게 궁금한 게 참 많았다. '감독님이 생각하는 영화란?'처럼 오글거리는 질문부터, 영화 장면에 숨어 있는 심오한 의미를 지나 '어떤 음식을 좋아하세요?' 같은 가벼운 질문까지 모두 해보고 싶었다. 나는 간혹 사소한 질문이 가장 큰 의미를 가질 수도 있다고 생각한다.

〈쏘우 Saw〉(2004)를 연출한 제임스 완 감독이 제작·연출하는 영화들은 항상 인형이 등장한다. 그 이유는? 어렸을 때, 엄마가 인형을 사줬는데 그게 그렇게 무서웠다고 한다. 그러니까 그에게 '공포'와 '인형'은 같은 말이다. 고레에다 히로카즈 감독에게도 그런 사소하지만 특별한 것이 있을지 이야기 나누고 싶었다.

2019년 12월 13일, 광화문 씨네큐브 옆 건물에서 인터뷰가 진행됐다. 장소에 도착하니 여러 개로 나뉜 세미나실이 눈에 들어왔다. 한쪽 방에선 다른 매체와 고레에다 히로카즈 감독님이 인터뷰하고 있었다. 유리창으로 보이는 고레에다 히로카즈 감독은 컨디션이 나빠 보이진 않았지만, 한국에 도착하자마자 진행되는 일정이라 피곤할 거라는 생각이 들어 관계자에게 감독님의 정확한 일정을 물어봤다. 내 인터뷰를 마치고, 영화 상영 후 게스트로 참석한

• • •

다는 말을 듣고 고민에 빠졌다. 30분이 적은 시간은 아니지만, 잠깐 거쳐 가는 정류장 개념의 인터뷰였기 때문에 많은 얘기를 나누기 힘들뿐더러 애매한 타이밍에 시간만 때우는 무의미한 인터뷰가 될 수도 있겠다는 걱정이 됐다.

준비 시간이 많지 않았기 때문에 곧바로 비어 있는 세미나실에 촬영 장비를 세팅하기 시작했다. DSLR 카메라 두 대와 캠코더 한 대를 세 방향에서 바라볼 수 있도록 두고 모니터를 보는데, 다른 방과 달리 우측에서 들어오는 강한 햇빛 때문에 피사체가 잘 보이지 않았다. 카메라를 이동해 보기도 하고 자리 자체를 옮겨보기도 했지만, 역광을 피해 자리를 잡으면 이번엔 배경이 초라했다. 결국 딱 맞는 자리를 찾을 수 없었다.

영상 인터뷰는 이런 문제가 항상 따라붙는다. 녹취 인터뷰라면 촬영 장비를 신경 쓰지 않아도 되니, 인터뷰 내용에 집중할 수 있다. 게다가 녹취 인터뷰의 목적은 글로 표현하기 위한 것이기 때문에 얼마든지 말끔한 문장으로 고칠 수 있다. 하지만 영상 인터뷰는 다르다. 눈에 보이는 부분이 많아서 질문하는 사람과 답하는 사람의 얼굴도 잘 담

아야 하고, 좋은 인터뷰 내용을 잘 전달하기 위해선 녹음
도 잘돼야 한다. 요즘엔 카메라와 호환이 가능한 무선 핀
마이크가 있지만, 혹시 세팅을 잘못하면 촬영이 끝나고 난
뒤 오디오가 빠진 영상만 남을 수도 있다. 그럴 땐 '딱 죽
고 싶다'는 생각이 든다. 이를 대비해 이번엔 녹음기와 스
마트폰 녹음까지 별도로 준비했다. 이제 감독님만 오시면
됐다.

"감독님, 저희는 에릭 로메르° 감독의 촬영 방식을 차용
해 인터뷰하고 있습니다." 그 말에 고레에다 히로카즈 감
독은 잠시 웃음을 보이더니 고개를 끄덕였다. 촬영 준비
완료를 알리는 '카메라 롤' 소리에, 나는 핀 마이크 대신
작은 녹음기를 손에 들고 감독님 얼굴을 바라봤다. 하얗게
퍼진 수염에, 어떤 질문에도 답해주실 것 같은 차분한 인
상이 눈에 들어왔다. 찰나의 순간에 눈을 마주친 후 인터
뷰를 시작했다.

● 프랑스 누벨바그를 대표하는 감독 중 하나로 소규모의 영화 제작 환경을
고집한 것으로 유명하다.

● ● ●

고레에다 히로카즈 감독의 신작 〈파비안느에 관한 진실 La vérité〉(2019)은 명성 있는 여배우 이야기인데, 그녀는 예전 영화에 비해 기교가 많아진 최신 영화들을 비판하며 '시적인 데가 없다'고 말한다. 여기서 '시적이다'라는 말은 어떤 의미일까? 이 질문으로 야심차게 인터뷰를 시작했다. 모든 인터뷰이가 그러하듯 멋진 답이 나오길 기대했다. 이를테면 영화에서 시적인 것은 '시각적으로 보여지는 아름다움을 뜻한다'고 답하면 참 멋지게 포장할 수 있을 거라고 생각했다.

"음……."

하지만 내 예상과는 달리 감독님 고민이 길어졌다. 시간은 없는데, 답이 늦어지자 당황한 것은 나뿐만이 아니었다. 통역가도 감독님 입만 쳐다보며 노트 위에 볼펜 쥔 손을 멈췄고, 카메라 뒤에 서 있는 영화 관계자 여섯 명도 수군거리며 감독님과 나를 번갈아 쳐다봤다. 그 짧은 순간에, 참 많은 것들이 눈에 보였다. 가끔 세상이 느리게 움직일 때가 있다. 그럴 때는 마치 내 눈이 초고속 카메라처럼 변해서, 주변 상황 하나하나가 눈에 다 들어온다.

영상 인터뷰는 호흡이 중요하다. 글에서는 느껴지지 않는 숨소리가 들리고, 난감한 질문을 받으면 답하는 시간보다 고민이 더 길어지기도 한다. 그래서 영상 인터뷰는 이런 여백을 줄이기 위해 미리 합을 맞추는 경우도 있고, 답하기 좋은 질문을 하는 경우가 많다. 그러면 가벼운 분위기에서 부담스럽지 않게 인터뷰를 끌고 갈 수 있으니까. 내가 너무 어려운 질문으로 시작한 건 아닐까? 후회가 밀려오는 순간.

"거북이?"

기다림이 무색해질 정도로 짧은 답변에 정신이 아찔해졌다. 나도 모르게 "거북이?" 하고 따라 말했다. 이게 아닌데? 내가 원하는 답이 아닌데 어쩌면 좋지. 원하는 답을 듣기 위해서 인터뷰를 하는 게 아니라는 걸 알지만, 그 순간엔 내 욕심이 더 컸다. 일단 다 함께 웃었다. 아마도 다들 당황해서 그랬던 것 같다. 감독님은 우리 표정을 슬쩍 보더니, 추가 설명이 필요하겠다고 생각했는지 다시 한참을 생각했다.

"음…… 무엇을 시적이라고 하는가는 굉장히 어려운 얘

◆ ◆ ◆

기라고 생각되는데요. 이를테면 어떤 종류의 아름다움을
보려고 하는 것이 시적인 것 같습니다."

내 표정에 여전히 물음표가 떠 있다고 생각했던 건지 고
레에다 히로카즈 감독은 자신 앞에 놓인 생수병을 잡으면
서 말을 이어갔다.

> "이 페트병을, 만약에 시로 표현한다고 했을 때, 우리가 평
> 소에 본 페트병과는 다르게 보여지게끔 하는 게 시의 역할
> 이라고 생각되거든요. 그래서 폭력이라든지 피라든지 그
> 모습을 그대로 제시하는 방식도 있겠지만, 그 안에 있는 다
> 른 모습들을 발견하고 우리가 평소에 봐왔던 것과는 다르
> 게 재평가되게끔 하는 것이 시가 아닌가. 쉽게 말해서, 일상
> 속에서 우리가 지나치기 쉬운 것에 문득 눈을 멈추게 하는
> 게 '시적인 것'이 아닌가."

〈파비안느에 관한 진실〉에서 거북이는 그저 동상이다.
움직이지 않는 돌덩이. 파비안느는 손녀에게 저 거북이가
실은 할아버지인데, 자신이 마녀라 저주의 마법을 걸었다

고 속인다. 이 말을 믿은 손녀는 애타게 돌 거북이를 바라본다. 그 순간부터 손녀에게 그 거북이는 돌덩이가 아니라 사람이었다. 대다수의 사람에게 거북이 모양 돌덩이는 그저 돌이겠지만, 누군가에겐 '할머니에게 혼이 난 할아버지'가 될 수도 있는 것이다. 그게 고레에다 히로카즈 감독이 말하는 시적인 영화다.

긴 고민 끝에 '거북이'라 답하고 우리와 함께 웃어주셨지만, 단순히 그냥 한 말이 아니었던 것이다. 감독님은 '시적이다'라는 말이 가장 잘 표현된 예시를 이야기해준 것이었는데, 부끄럽지만 난 당시에 그걸 알아차리지 못했다. 나는 어떻게든 더 의미심장하고 멋있는 답을 듣고자 질문을 이어갔지만, 실은 이미 가장 좋은 답을 주셨던 거다.

감독님의 일정이 빠듯했기 때문에 인터뷰는 30분까지 마무리되어야 했지만, 준비한 질문의 30퍼센트도 다 하지 못한 상태여서 하나 더, 하나 더를 외치다 보니 시간이 조금씩 지연됐다. 앞뒤 일정에 따라 시간을 맞춰주는 건 인터뷰어가 갖춰야 할 덕목이지만, 고레에다 히로카즈 감독

◆ ◆ ◆

만이 아는 비밀을 하나라도 더 캐고 싶다는 욕심이 의무감을 눌렀던 것 같다. 카메라 뒤에 서 있는 관계자들의 눈에서 곧 레이저 광선이 나오겠다 싶은, 40분쯤 지나서야 인터뷰가 종료됐다.

감독님은 좋았다는 말과 함께 자리에서 일어났고, 나는 다음에는 전 작품을 두고 인터뷰를 하고 싶다고 말씀드렸다. 그 의미를 표정으로 아셨던 건지 통역가가 전달하기도 전에 고개를 끄덕이셨다.

그렇게 감독님은 관계자 안내에 따라 세미나실을 떠났고, 나는 테이블에 놓인 페트병을 바라봤다. 아직 해결되지 않은 질문들이 그제야 또렷하게 생각나기 시작했다. 다른 관계자에게서 색다른 질문이 많아 좋았다는 후문을 듣긴 했지만 '아, 이걸 물어봤어야 했는데 이제 언제 물어보지'라는 생각과 함께 이 글을 쓰는 지금도 아쉬움이 남는다. 인터뷰는 답을 해결하는 과정이 아니라 또 다른 질문을 남기는 것이 아닐까. 다시 질문하고 싶다.

영화는 사람입니다   Part 3.

○
극장에는 항상
상훈이 형이 있다

극장에는 항상 상훈이 형이 있다. 길쭉한 얼굴을 가린 짙은 색 곱슬머리에 안경을 쓴 형. 영화 GV(관객과의 대화) 때마다 오래된 캠코더를 들고, 감독의 말을 하나도 빠짐없이 녹화하겠다는 집요함을 가진 형. 급기야 올해 9월 금요일 밤, 'KBS 독립영화관'에서 방영한 이혁 감독 영화 〈연안부두〉(2018)의 단역배우로 데뷔까지 한 형.

이 형을 뭐라고 부르면 좋을까. 보통은 영화를 좋아하면 영화애호가나 영화마니아라 부르고, 현학적인 영화 글을 쓰면 '시네필'이라 부른다. 유명한 감독이든 비평가든 이 칭호를 거치지 않은 사람은 없다. 그런데 형에겐 이런 칭호들마저 작게 느껴진다. 상훈이 형에게는 영화를 향한 특별한 사랑이 있다.

형은 영화 상영 내내 어디 있는지 모르게 조용히 앉아 있다가, 영화가 끝나면 요술램프 지니처럼 등장해 소원 대신 영화 평을 묻는다. "시선아, 이 영화 죽이지 않아? 어땠어?" 이 질문을 무려 4년째 듣고 있다. 계속 같은 질문을 들으면 질릴 만도 하지만, 막상 들으면 기분이 좋아진다. 나도 좋은 영화를 보면 모르는 사람을 붙잡고서라도 "이 영화 죽이지 않아요? 어땠어요?"라고 묻고 싶으니까. 그 기분을 아니까. 세상에는 우리 같은 사람들이 있다. 좋은 걸 보면 나누지 않고선 병에 걸릴 것 같은 사람. 좋은 음식을 이웃과 나눠 먹듯, 좋은 영화가 있으면 나누고 싶은 사람. 형은 그런 사람이다.

영화는 영감을 심어둔 바이러스다. 알다시피 바이러스는 숙주 안에서 성장해 다른 이의 신체로 전이된다. 그렇기에 아무리 대단한 바이러스라도 숙주와의 상호작용 없이 영역을 확장하진 못한다. 영화는 이런 바이러스와 비슷한 성질을 가지고 있다. '영화'라고 하면 제일 먼저는 영화를 만든 감독, 그 뒤로 촬영, 미술, 음악 등 영화에 참여한 무수히 많은 영화인이 떠오르지만, 제아무리 대단한 영화라도 '관객' 없이는 영화관 밖을 나가지 못한다. 관객이 없다면 영

◆ ◆ ◆

화는 그저 스크린에 비친 이미지에 불과할 것이다. 바이러스에게 알맞은 숙주가 필요하듯, 영화에게는 좋은 영화를 알아봐주는 관객이 꼭 필요하다. 내가 상훈이 형을 좋아하는 이유는 그가 매우 훌륭한 관객이기 때문이다.

상훈이 형은 영화에서 '흠'이 아니라 '빛'을 찾는다. 이게 쉬운 것 같아도, 사실 정말 어렵다. 영화를 자주 보는 관객이라면 날이 갈수록 만족스러운 영화를 찾기가 어려워진다는 걸 느낄 것이다. 이유는 간단하다. 많이 봐서 그렇다. 평론가들의 별점이 이해가 안 될 정도로 낮은 이유는 비교 대상이 너무 많기 때문이다.

골목식당에 출연했던 '연○'의 돈가스를 맛본 이들에게 평범한 돈가스는 더 이상 아무런 감흥을 주지 못할 것이다. 그도 그럴 것이 줄서기 텐트 안에서 새벽을 버틴 이들의 추억이 더해진 음식 맛을 어떻게 이길 것인가. 영화도 똑같다. 세상 모든 영화에서 장점을 찾아내 칭찬하기란 매우 어려운 일이다. 사람만 해도, 험담 잘하는 사람보다 칭찬 잘하는 사람을 찾기가 훨씬 더 어렵다. 그런데 어떻게 된 일인지 상훈이 형은 영화를 볼 때마다 영화에서 아름다운 것만을 꺼낸다.

어느 날 갑자기 나타난 좀비 때문에 가족 없는 집 안에
갇혀버린 오준우의 생존 서바이벌 〈#살아있다〉(2020)는
내게 별다른 감흥을 주지 못한 영화였다. 아직도 기억나는
게 개봉 당일 카카오톡으로 '영화 어땠냐?'는 질문이 쏟아
졌다. 문자를 보낸 사람 중 대다수는 내 의견이 궁금해서
라기보다는, 자신들이 느낀 감정과 생각이 맞는지 확인받
고 싶어서 묻는 것 같았다.

'좀비'는 영화 세계에서도 역사와 전통을 가진 독보적인
존재다. 주술로 사람을 되살린다는 아이티섬의 부두교에
대한 이야기가 미국으로 건너가 퍼졌고, 1968년 조지 로
메로 감독이 영화에 이 이야기를 반영한 게 〈살아있는 시
체들의 밤Night Of The Living Dead〉이다.

(1) 갑자기 좀비가 나타나고, (2) 사람들은 집이라는 특정
공간에 스스로 갇히는 환경에 놓이고, (3) 눈치 싸움을 벌
이다가 결국 좀비가 아닌 인간에게 해를 당하고, (4) 생존
을 위해 밖으로 과감히 나오지만 결국 새드 엔딩을 맞이하

◆ ◆ ◆

는 공식. 이 영화는 좀비 영화의 교과서가 되어 무수히 많은 '좀비'를 만들어낸다.

사실 좀비 영화의 핵심은 '좀비'가 아니라 극한 상황에 놓인 인간의 솔직한 행동에 있다. 하지만 〈#살아있다〉는 내게 생존에 대한 갈망을 강하게 전달하지 못했다. 반면, 상훈이 형은 내가 생각하는 방향과는 전혀 다른 의견을 제시했다.

영화에서 김유빈(박신혜)은 언제 죽을지 모르는 상황에서 화초에 물을 준다. 내겐 그 장면이 좀비 장르 특유의 분위기와 맞지 않는 무미건조한 컷이라 생각했는데, 상훈이 형의 의견은 달랐다. 형은 〈#살아있다〉와 같은 극한 상황에서는 '당연한 것'이라 생각했던 우리 주변의 많은 것들이 '특별해진다'고 말했다. 디지털 시대에 당연하게 여겨지던 가족이나 친구와 주고받는 메시지나 전화 같은 사소한 것들이 소중해지는 순간이고, 그건 마치 '코로나19'가 앗아 간 우리의 일상과 비슷하다고 했다.

생사의 기로에 선 유빈은 화초에 물을 주고, 좀비들 틈으로 뛰어간다. 유빈의 행동으로 식물은 아마도 며칠은 더 버틸 것이다. 상훈이 형은 우리가 좀비가 아니라 인간일 수 있는 건 생존 앞에서도 '인간'이길 포기하지 않는 그런 행동들 때문이라고 말했다. 그 말을 듣는 내 표정이란, '아 차' 싶은 것이다.

이 글을 쓰는 지금, 넷플릭스에 막 올라온 〈#살아있다〉의 화분에 물을 주는 장면(1:06:10)을 찾아 몇 번이나 돌려본다. 나는 상훈이 형에게서 옮은 '영감 바이러스'에 감염된 채 하루를 보냈다. 영화엔 영감 바이러스가 심어져 있다. 그 바이러스는 '상훈이 형' 같은 좋은 관객을 만나 긍정의 바이러스가 되어 주변에 퍼지게 된다. 세상에는 이런 관객이 많아져야 한다.

이런 상훈이 형에게도 가장 곤혹스러운, 사실은 받아들이지 못하는 순간이 있다. 영화관에서 영화를 보다가 피곤을 이기지 못하고 잠에 빠질 때다. 흔치 않지만 그럴 때마다 상훈이 형은 "아, 나 중간에 잠들었네"라며 고개 숙인다. 누구나 극장에서 잠이 든 경험이 있겠지만 형은 유독

◆ ◆ ◆

괴로워한다. 원래 영화 볼 때, 단 1초도 놓치기 싫어하는 성격이라 더 깊은 실망감을 느끼는 것 같다. 나도 그 기분을 잘 안다. 뭐랄까, 찜찜해서 죽고 싶은 느낌이다. '내가 잠든 동안 중요한 장면이 지나갔으면 어떡하지?'라는 생각에 초조해지고 급기야 그 1초, 1분으로 인해 이 영화를 제대로 못 봤다는 강박까지 생긴다. 이럴 땐 어쩔 수 없다. 같은 영화를 또 보면 된다.

이후로 상훈이 형은 잠이 들지 않기 위해 여러 방법을 쓰기 시작했다. 커피나 비타민 음료를 항시 준비하는 것은 물론이고, 눈꺼풀이 무거워질 때마다 허벅지를 꼬집어서 피멍까지 들었다고 한다. 제일 충격적인 방법은 멘소래담 로(오)션을 목 뒤에 바르고 극장에 들어가는 것이다. 통증이 있는 부위에 바르면 혈액순환이 촉진돼 시원하지만, 맨살에 발랐을 때 얼마나 화끈거리는지 경험해본 분들은 다 알 것이다. 근데 그걸 바르고 영화를 보다니. 목이 쓰린 것보다 영화의 일부분을 놓치는 게 더 마음이 쓰렸던 상훈이 형의 초강수였던 셈이다. 형은 그런 사람이다. 언제나 영화에 진심이며, 영화를 위해 기꺼이 자신의 목 뒤를 내어

놓는 관객.

　오늘도 그 형한테 카톡이 온다.

　　💬 시선아, 아까 4시 20분에 영화 보러 들어가느라 대화가
끊겼어. <결혼 이야기>를 봤는데 끝내주더라. 아직 안 봤으
면 꼭 보렴.

　　💬 나 <벌새>에 미쳤다. ㅎ 꼭 보렴. 조만간 SNS에 장문의
글도 올릴 생각인데 읽어주면 고맙겠다. 역대급 장편 데뷔
작이자 한국영화사에 남는 걸작이라고 생각해. 네 의견도
궁금하다.

　　💬 네가 쓴 <우리들> (2016) 윤가은 감독에 관한 글 읽어보
고 싶은데 방법이 없을까? 윤가은 감독님이 댓글도 남겨주
셨던데.

　내게 추천하고픈 영화부터, 내가 쓴 글까지 세심하게 관
심 가져주는 형의 카톡이 참 고맙다. 그리고 이렇게 상훈

• • •

이 형이 남긴 메시지는, 힘들 때 가끔 꺼내 읽는다.

좋아하는 일을 해도 무너지는 순간이 있다. 분명히 열심히 하고 있는데, 아무도 알아주지 않고 성과도 없을 때 '내가 왜 이걸 하고 있나?' 자책하기도 하고, 어쩌면 여기서 그만하는 게 나와 가족에게 더 좋을지도 모른다는 생각이 든다. 무엇보다 내가 믿고 가는 길에 대한 의심이 솟는 그 순간이 가장 힘들다. 그럴 때, 상훈이 형이 보낸 메시지를 읽으면 신기하게도 다시 영화가 좋아진다.

때때로 형에게서 내 모습을 발견할 때가 있다. 정말 징글징글하게 영화만 쫓아다닌 사람에게서만 나올 수 있는 표정과 말들. 거기서 내 과거를 떠올리고, 미래를 발견한다.

"고마워, 상훈이 형. 형 때문에 영화를 포기하지 않을 수 있었어. 오늘도 극장에 있을 거지? 형도 포기하지 마."

○
극장 옥상에
애플민트 키우는 휘병

'극장 프로그래머'라는 직업은 극장에서 상영되는 영화 선정을 담당하는 막연히 멋진 느낌이지만, 휘병 님이 말하는 현실은 그리 녹록해 보이지 않는다. 상영 스케줄을 짜는 건 기본이고 '아트나인'이나 '더숲'처럼 작은 극장에선 티켓팅도 본인이 직접 해야 한다. 영사기사가 따로 있지 않은 경우엔 배급사로부터 직접 DCP °를 받아서 영화 상영 설정도 프로그래밍한다. 그뿐만 아니라 극장 안에서 판매하는 빵과 음료도 만들 줄 알아야 한다.

며칠 전, 인디포럼 영화제 모더레이터(게스트와 관객을 이어주는 일종의 사회자) 일을 마치고 휘병 님과 서울극장에서 잠깐 만나게 됐는데, 급하게 음료 하나를 들고 왔다. 이게 뭐냐고 물으니, 절인 체리에 탄산이 들어간 음료인 '체

● Digital Cinema Package의 줄임말로 영화가 담긴 외장하드라고 보면 된다. 계약서에 적힌 기간에만 상영 가능하다.

◆ ◆ ◆

리콕'이란다. 그 위에 다소곳이 놓인 애플민트를 가리키며 직접 키운 거라고 강조하기까지. 도대체 이걸 누가 신경 쓸까? 라는 생각이 들어서 물어보니 "극장은 누군가 만든 영화를 트는 곳이라, 자체 제작이라고 할 만한 게 없는데 음료에 들어간 재료라도 자체 공급을 해보고 싶었다"라는 대답이 돌아왔다. '아, 이 사람은 진짜 극장을 사랑하는구나.' 나도 모르게 고개를 끄덕였다.

'오리지널 콘텐츠'가 중요해진 시대에, 극장이 할 수 있는 게 뭐가 있을지 고민해온 휘병 님이 서울극장에서 한 첫 시도란 생각이 들었다.

'제가 쫄보라서'를 입버릇처럼 말하는 휘병 님은, 자신이 소심한 성격이라 역으로 관객들과 자주 만나는 일을 하고 싶었다고 한다.

"정작 영화를 보지도 않고, 그 영화가 속한 카테고리의 겉모습만 보고 판단한다는 게 좀 그랬어요. 만약 그런 방식으로 사람을 바라보게 된다면, 저라는 사람도 제대로 알지 못하면서 그런 대우를 받을 수 있잖아요?"

• • •

휘병 님은 '고리타분하다'는 편견 때문에 관객들의 관심을 받지 못하는 독립·아트 영화를 보며, 그게 꼭 사회에서 소외된 자신같이 느껴졌다고 한다. 2013년에 CGV오리에서 첫 극장 아르바이트를 시작한 것도, 그 편견을 바꾸고 싶어서였다고.

이런 생각으로 영화 일을 시작한 휘병 님인지라, 절대 영화를 비아냥거리며 평하지 않는다. 영화 관계자가 듣고 있는 것도 아닌데 정중한 어투로 영화를 평한다. 가끔은 휘병 님이 흥분한 모습이 궁금하기도 하다. 소리를 지르긴 하는 건지, 욕은 할 줄 아는지.

휘병 님을 처음 알게 된 건 2014년. 당시 휘병 님은 이수역 골든시네마타워 12층의 '아트나인'에서 근무하고 있었다. 그곳은 밑으론 메가박스가 위치한 독특한 독립예술 극장이었다. 이곳에서 엘리베이터를 타면 중간에서 내리지 않고 12층까지 올라가는 사람들을 만나게 되는데, 그 좁은 공간 안에서 느껴지는 묘한 동질감이 있다. 소수의 사람만이 찾는 영화를 보러 왔다는 어떤 자부심과 설렘.

'아트나인'은 두 개의 관을 운영하는데 국내에 있는 모든 독립예술극장이 그렇듯, 관객 수만으로는 극장 운영이 어렵기 때문에 이탈리아 레스토랑을 함께 운영하고 있다. 영화 감상 후 화덕 피자를 맛보며 바깥 경치를 볼 수 있는 곳이다. 예전엔 아트나인에 가면 0관과 9관 사이 통로로 들어가기 전에 휘병 님을 만나곤 했다. 극장 운영도 하면서 표도 끊어주었으니까.

좀 더 다양한 기획전에 욕심이 많았던 휘병 님은, 2년 뒤 노원역 주변에 위치한 '더숲' 극장운영팀으로 자리를 옮겼다. '아트나인'에 이탈리아 레스토랑이 있었다면, '더숲'엔 제과점이 있었다. 당시엔 빵 종류도 많지 않은 평범한 제과점이었는데, 이후 카페와 함께 성장하면서 복합문화공간으로 변했다.

휘병 님이 신경 쓴 것은 빵의 맛과 종류만은 아니었다. 다양한 분야에서 전문가를 초빙해 영화와의 결합을 시도했다. 이를테면 우디 앨런 감독의 낭만이 숨 쉬는 영화 〈미드나잇 인 파리Midnight in Paris〉(2011) 관객과의 대화엔 '재즈피

◆ ◆ ◆

아니스트 김아리'를 초대해 영화의 주요 무대인 파리에서 울려 퍼진 '재즈'를 들을 수 있게 했다. 관객들이 진짜 파리에 간 것 같은 기분을 느낄 수 있도록.

이후 '더숲'은 많은 이들이 모이는 공간이 됐다. 빵과 음료를 먹으러 왔다가 영화를 본 분도 있고, 피아노 연주를 듣기 위해 방문했다가 독립예술영화관을 발견한 분도 있다. 이곳을 찾는 대다수는 노원구 주민으로, 자연스럽게 이 공간을 사랑하게 된 관객들이다. 휘병 님은 다양한 이유로 이 공간을 스쳐 간 사람들을 모이게 하고 싶었고, 계속해서 신작을 봐야 하는 예술극장의 한계에서 조금 벗어나고 싶은 마음으로 영화 모임을 만들었는데, 그게 '씨네모어Cine-more'였다. 직역해서 '영화 좀 더'. 3개월 동안 4편의 영화를 보며 함께 이야기하고, 공감한 멤버들에겐 '수료증'을 수여했다. 수료증 실물을 보면, 왼쪽엔 함께 본 〈하나 그리고 둘Yi yi〉(2000) 〈컨택트 Arrival〉(2016) 〈당신은 아직 아무것도 보지 못했다Vous n'avez encore rien vu〉(2012) 〈코코COCO〉(2017) 포스터가 그려져 있고, 오른쪽엔 함께 영화를 봐준 고마움에 대한 문구가 적혀 있다. 그걸 받은 분들은 얼마나 행복했을까. 영화는 혼자가 아니라 함께할수록 더 강해진다. 휘병 님은 그걸 아는 사람이다.

2019년 말엔 '더숲'에서 휘병 님이랑 같이 '단편영화 기획전'을 준비했다. 그해엔 경찰들이 마약범들을 잡기 위해 '통닭집'을 차린다는 신선한 소재로 큰 사랑을 받은 〈극한직업〉이 개봉했는데, 내가 보기엔 이병헌 감독의 진면목이 모두 드러난 영화처럼 보이진 않았다. 그래서 언젠가 기회가 된다면, 이병헌 감독의 숨겨진 영화를 소개하고 싶었다.

2009년에 연출한 12분짜리 단편영화 〈냄새는 난다〉를 보면, 경제 사정으로 인해 집을 내줘야 하는 부부가 나온다. 그 심각한 상황에서 하필이면 똥이 마려운 남편의 냄새로 인해 신경전을 벌이는 부부의 이야기를 다루고 있다. 이 단편영화를 보면 이병헌 감독의 숨겨진 개그 본능을 알수 있는데, 그걸 관객들에게 알리고 싶다고 휘병 님에게 얘기했더니 단번에 같이 하자고 했다.

단편영화에도 원작자의 권리가 있기 때문에 당연히 영

• • •

화사나 감독의 허락은 물론이고, 상영비를 내야 한다. 10분
짜리 단편 두 개를 트는 간단한 일로 보이지만, 알고 보면
과정이 참 복잡하다.

'단편영화 기획전'엔 〈냄새는 난다〉와 더불어 윤가은 감
독의 단편 〈손님〉(2011)을 상영하기로 했다. 다행히 〈손님〉
은 지정된 영화사에 상영비를 지불하기만 하면 돼서 금방
해결됐지만, 〈냄새는 난다〉는 그렇지 않았다. 2009년 아
시아나국제단편영화제, 2010년 대전독립영화제에서 상영
된 게 전부였으니까. 그 아쉬운 마음 때문인지 이병헌 감독
은 2013년에 발표한 장편영화 〈힘내세요, 병헌씨〉 후반부
에 이 단편을 삽입했다.

그러나 어찌 됐든 의도가 좋다고 하여 허락도 없이 그냥
틀 수는 없었고, 누군가에겐 연락해야 했다. 휘병 님은 '더
숲' 일만도 바쁠 텐데 수소문 끝에 이병헌 감독의 연락처를
얻어 상영 허락을 받아냈다. 여기서 잠깐, 너무 좋은 기획
전이라며 선뜻 무료 상영을 허락해준 감독님께 감사드립
니다.

이게 끝인 것 같지만, 영화를 극장에서 상영하기 위해선

앞서 설명한 DCP(디지털 시네마 패키지)가 필요하다. 일반 파일은 영사기에서 열 수가 없다. 그런데 〈손님〉이나 〈냄새는 난다〉는 많은 관객들이 찾는 영화가 아니라서 DCP 자체가 없었기 때문에(심지어 영화사에도 없었다) 따로 만들어야 했다. 결국 휘병 님이 아는 후배를 통해 단편을 위한 DCP를 따로 제작했다.

혹시 다른 극장에서 〈손님〉을 보게 된다면, 그 DCP는 이때 만들어졌을 가능성이 높다. 보통 단 한 번의 상영을 위해 이런 과정을 감수하는 극장은 없다. 왜냐하면 '단편 영화 기획전'은 시작부터 예산이 부족하기 때문에 그렇다. 좌석은 40석뿐인데, 상영비 지불하고 DCP 제작하면 얼마가 남겠는가. 결국 아무것도 남지 않았지만, 나와 휘병 님은 그저 숨겨진 단편영화를 극장에 상영했다는 것만으로도 행복했다. 좌석을 가득 채운 관객분들은 내게 감사하다고 말했지만, 사실 이번 기획전은 휘병 님의 희생 덕에 진행될 수 있었다.

휘병 님은 20대 중반에 '아트나인' '더숲'을 거쳐, 현재는

◆ ◆ ◆

종로3가에 위치한 '서울극장' 영화사업부에 근무하며 여전히 극장에서 30대를 보내고 있다.

서울극장에 들를 때마다 휘병 님에게 메시지를 보낸다.

'저 왔어요.'

'어, 시선 님 이 일만 끝내고 내려갈게요.'

오늘도 휘병 님은 서울극장 옥상에서 애플민트를 키우며 극장을 가득 채우는 일을 하고 있다. 휘병 님은 영화가 사는 공간에 동거하는 사람이다. 누군가와 동거를 한다는 건 참 힘든 일이다. 사랑한다고 해도, 자주 보면 싸우게 되는 게 동거다. 힘들겠지만 앞으로도 영화와 잘 살아주면 좋겠다. 휘병 님 같은 분이 극장에 있다면 관객들이 극장 가는 게 더 즐겁지 않을까? 모두가 코로나19로 극장이 없어질지도 모른다고 예언하고 있지만, 극장 옥상에 '애플민트'를 키우며 다음을 준비하는 휘병 님을 보면 100년 뒤에도 극장은 여전히 존재할 거라는 믿음이 생긴다.

○

영화 티켓을 찢는 영국 영화관 이야기
(feat. 영국 정보통 세일이)

7월 중순에 메일 하나가 왔다. '프랑스 석사논문 인터뷰
요청' 메일이었다. 주제는 '현재 한국영화 비평장의 변화
가 어떻게 이루어지는가'. 요즘 이런 메일이 자주 온다. 유
튜브도 하고 비평도 하고 영화 강연도 하는 내가, 요즘 시
대엔 인터뷰하기 좋은 상대인가 보다. 개인적으로 '유튜브
성공기'를 취재하려는 인터뷰는 거절하지만, 이렇게 학술
적인 부분에선 도움을 주고 싶다.

성공기는 안 되고 학술적인 것은 되는 첫 번째 이유, 나
는 유튜브로 성공한 게 아니라 운이 좋게도 분에 넘치는 사
랑을 받았을 뿐이다. 두 번째 이유는 내 작은 한마디가 영
화를 공부하는 영화 학도들에게 조금이나마 도움이 될 수
있으면 좋겠다는 생각 때문이다. 그리고 실은, 내 작은 욕
망도 들어가 있다. 한국 토박이로 영화 공부를 해왔기에 외
국영화 소식을 직접 들을 기회가 많지 않다. 특히 관심이

◆ ◆ ◆

가는 건 번역된 뉴스보다 말로 전해지는 현장 뉴스들이다.

작년에 영국 골드스미스 대학에서 유학 중인 세일이한테서 연락이 왔다. 한국에 잠깐 들르는데 석사논문에 도움을 줬으면 좋겠다고. 주제가 뭐냐고 물으니 '글로벌 OTT 서비스 진출 이후 지역 미디어 산업의 다양성'이란다. 쉽게 말해 넷플릭스, 디즈니 플러스, 아마존 프라임 같은 OTT 서비스가 한국에 진출한 이후 극장을 비롯한 한국영화 산업에 어떤 영향을 미칠지에 대한 이야기다.

원래 세일이는 유학 가기 전 'CGV SCREEN X'팀에서 일하던 친구다. 무려 5년 전 이야기인데, 당시 세일이는 '스크린 X'가 영화 문화에 큰 영향을 줄 거라 믿었다. 김지운 감독이 2013년에 강동원 주연의 세계 최초 스크린 X 영화 〈더 엑스〉를 내놓은 이후로, 〈군함도〉(2017) 〈반도〉(2020)까지 스크린 X 버전 상영이 계속되고 있으니 그 믿음이 틀리지 않았다. 하지만 나는 분명 획기적인 기술인 건 맞지만, 영화 문화 자체를 바꾸기엔 인간이 감당하지 못하는 시야각이라며 세일이와 반대되는 날 선 의견을 냈다. 정면에 집중하기도 힘든데, 좌우의 스크린을 살펴야 해서 영화를 제대로 즐기기 어려웠던 개인적인 경험 때문이었다. 실제 말싸움을 한 건 아니고, 서로의 의견을 존중하면서 유익한 100분 토론을 하는 정도였다. 이후로 한동안 소식이 없더니, 그사이 '스크린 X' 팀을 나와 유학을 떠난 것.

  그로부터 한 달 뒤, 다시 만난 세일이를 통해 한국과 다른 영국 영화판 얘기를 들을 수 있었다. 좌석 차등제에 따라 가격이 다른 국내와 달리 영국은 런던 중심지에서 떨어진 외곽의 극장일수록 티켓 가격이 더 저렴하다고 한다. 생각해보니 사람이 몰리는 극장일수록 가격이 비싸고, 적을수록 저렴해지니 어찌 보면 합리적이다. 만약 국내에 도입된다면, 소외된 극장에도 가격 경쟁력이 생겨서 관객 밀집도를 분산시킬 수 있지 않을까?

  영국의 대다수 극장은 입장할 때, 입장 확인 수단으로 영수증을 찢어서 주고 좌석번호 없이 선착순으로 운영되는 점도 한국과 다르다.

  "영수증을 찢는다고?" 화들짝 놀라 물어보니, 극장 관

◆ ◆ ◆

리 직원이 많지 않아 편의상 그렇게 한다고 한다. 마시던 아이스 아메리카노를 내려놓고 연이어 질문했다. "영국 사람들은 영화 많이 보나?" 인터뷰 당사자는 난데, 어느 순간부터 내가 인터뷰를 진행하게 됐다. 그 친구 말에 따르면 영국은 '영화'가 문화의 중심이 아니라고 한다. 영화 티켓 가격이 3만 원인데, 그 가격이라면 더 저렴한 콘서트나 전시를 즐기는 사람이 많다고. 하긴 유럽의 티켓값은 전반적으로 비싸다. 최근 디즈니 플러스가 〈뮬란Mulan〉(2019)을 보려면 29.99달러를 추가 결제해야 한다고 했을 때 국내 관객들은 모두 기겁했지만, 대부분의 티켓 가격이 3만 원대인 유럽은 적어도 비싸게는 생각하지 않았을 것 같다. 가족 4인이 함께 보면 남는 장사니까.

국내에 비하면 영국의 티켓값이 비싸긴 비싸다. 그래서일까? 세일이는 영국 3대 체인 극장 중 하나인 '오데온'의 정액제 회원이라고 한다. '극장 정액제'는 국내에선 아주 생소한 용어이지만, 한국만큼 관객이 많지 않은 유럽에는 정액제가 많다. 그리고 이런 방식으로 운영하는 게 극장, 관객 모두에게 유리하다고. 오데온 멤버십은 1년에 20만

원으로 7편 이상만 봐도 본전을 뽑는다. 나라면 일주일 만에 본전 뽑고 그다음 주부터 복리로 영화 티켓값을 벌겠지만, 한국엔 이런 방식이 생길 것 같진 않다. 나 같은 사람이 많아서.

세일이에게 들은 이야기 중에 가장 부러운 건 대형 극장에서 발행하는 인쇄물이었다. 2페이지 정도의 얇은 잡지엔 심층적인 글도 실린다고 한다. 최근에 읽은 글은 〈죠스 Jaws〉(1975)와 〈데드 돈 다이The Dead Don't Die〉(2019)를 비교하며 미국의 로컬 문화를 소개한 내용이라는데, 잠깐 듣기만 했는데도 바로 읽고 싶어졌다. 영화 홍보 팸플릿에 이런 글이 하나씩 들어 있으면, 나부터라도 홍보지부터 집어 갈 듯하다.

어차피 주도권을 잡았으니, 질문 하나 더. 영국 관객들 사이에서 가장 유명한 한국 감독은 누굴까? "이창동 감독과 김기덕 감독을 좋아해요." 세일이의 말에 따르면 특히 이창동 감독의 〈시〉(2010)는 영국 관객들 사이에서 큰 사랑을 받았다고 한다. 보신 분들은 아시겠지만 두 감독의 작품이

◆ ◆ ◆

그리 밝은 영화는 아니라서, 세일이는 영국 친구들로부터 '한국 사회는 왜 이렇게 우울해?'라는 질문을 많이 받았다고 한다. 그때마다 영화 속 이야기는 한국 사회의 일부분만을 다룬 것이라고 자주 답했다고. 하긴 〈시〉를 떠올려보면, 시작하자마자 강물을 따라 흘러오는 무언가가 시체라는 사실을 알게 된 영국 관객들의 충격을 어렴풋이 짐작할 수 있다. 여기엔 다양한 영화를 상영하려는 극장의 노력이 작용한 것으로 보인다.

이를테면 〈어벤져스 : 엔드게임Avengers : Endgame〉(2019) 개봉 당시 한국은 며칠 동안 전 좌석 매진을 이어가며 누적 관객 수 1300만을 돌파했다. 그때 영국은 어땠을까? 전야제 상영은 매진이었지만, 정식 개봉 날부터는 매진된 적이 없었다고 한다. 게다가 〈어벤져스 : 엔드게임〉은 좌석이 비교적 잘 채워지는 영화인데도 극장 스크린 수가 8개인 극장에 최대 3개 관만 배정됐다고 한다. 스크린 쿼터제가 있는 것도 아니지만, 다양한 영화를 보여주려는 영국의 극장들은 그렇게 마지노선을 지키고 있었다.

세일이는 며칠 뒤, 다시 영국으로 돌아갔고 작년 12월에
⟨Diversity of Local Media Industry after advance of Global
OTT service(글로벌 OTT 서비스 고도화 이후 지역 미디어 산
업의 다양성)⟩란 논문을 보내줬다. 56페이지에 이르는 논문
한구석에 내 말이 적혀 있었다.

> OTT의 성장만큼 제 유튜브 채널도 성장하고 있습니다. 영
> 화를 공부하기 위한 순수한 의도로 유튜브를 시작했지만,
> 이젠 영화에 직접적인 도움이 될 수 있는 면까지 고려하게
> 됐습니다. 많은 관객에게 영화를 전달하지 못한다면, 좋은
> 영화가 존재한다고 해도 그 사실을 모를 수 있습니다. 고전
> 비평의 관점에서 현재 유튜브의 영화 평론 채널은 적절한
> 비평이 아닐 수 있습니다. 하지만 유튜브를 통해 잘 알려지
> 지 않은 영화를 재발견하고 VOD 시장을 통해 성과를 낼 수
> 있다면, 더 많은 사람들에게 숨겨진 영화를 알릴 수 있을 겁
> 니다.
>
> ──YouTube Film critic Channel 'Kim Siseon'

◆ ◆ ◆

그로부터 7개월 뒤, '안녕하세요. 시선 님, 저는 프랑스 파리 사회과학 고등연구원 석사과정 재학 중입니다. 현재 한국영화 비평장이 어떻게 변화하고 있는지를 들어보고 싶습니다'라는 메일이 한 통 도착했다. 이번엔 영국 맞은편에 있는 프랑스 얘기를 들어보고 싶어서 인터뷰를 수락했다. 그렇게 종로3가에 위치한 스타벅스 종로관수점 3층에서 은영 씨를 만나게 됐다.

긴 장마의 시작이었는지 그날따라 비가 많이 왔고, 매장 3층에도 사람이 많았다. 전날 밤, 페데리코 펠리니 감독 영화를 '서울극장'에서 보면 좋겠다는 생각에 종로3가로 약속을 잡은 것이라 커피는 내가 사고 싶었는데, 기어코 은영 씨가 커피를 샀다. 자리가 마땅치 않아, 나와 은영 씨는 사람들 사이에 끼어 앉아 얘기를 시작했다.

프랑스는 68혁명 시기에 '영화감독도 작가다!'라는 구호 아래 위대한 영화감독들이 많이 탄생했다. 아네스 바르다, 자크 드미, 장뤽 고다르, 클로드 샤브롤. 우리는 이들을 '누벨바그를 이끈 감독들'이라 부른다.

자크 드미의 영화 〈쉘부르의 우산 Les Parapluies de Cherbourg〉

(1964)은 훗날 데이미언 셔젤의 〈라라랜드 La La Land〉(2016)가 되고, 클로드 샤브롤의 영화 〈의식〉은 봉준호 감독 〈기생충〉의 후반부에 영향을 준다. 이처럼 프랑스는 영화감독들의 감독이 전설처럼 존재하는 나라다. 그러니 모르긴 몰라도, 은영 씨보단 내가 더 궁금한 게 많았을 거다. 이를테면 '정말 프랑스 사람이 한국 사람보다 영화를 더 깊게 사랑할까?' 라든지.

"음…… 영화에 대한 사랑이 더 느껴지는 것 같긴 해요. 하지만 프랑스에는 미술, 음악, 오페라가 많이 발달돼 있어서 영화가 아닌 다른 문화를 즐기는 애호가도 많아요. 2018년 극장 흥행 1위인 〈인크레더블 2 The Incredibles 2〉를 본 관객 수가 574만 명이니까, 한국처럼 천만 관객이 나오긴 쉽지 않아요."

그 당시 국내 흥행 1위인 〈신과 함께 : 인과 연〉(2018)은 천만 관객을 돌파했으니 프랑스와는 무려 두 배 차이가 난다. 프랑스 인구가 약 6700만 명인 것을 감안한다면 좀 이상했다.

"한국이 더 영화를 많이 본다고 해야 할까요? '1인당 영

• • •

화 관람 횟수'는 한국이 최상위지만, 프랑스 관객은 더 다양한 영화를 보는 것 같아요. 그래서 천만 관객을 찍는 영화는 잘 나오지 않고, 영화마다 관객 수가 고루고루 분포되어 있어요. 제가 겪은 바로는 어느 쪽이 더 좋다기보다는 그냥 다른 것 같아요."

은영 씨 말을 들어보니, 프랑스도 영국처럼 영화 티켓가격이 비싼 편이었고 다른 문화를 소비하는 경향도 높아서 영국처럼 극장마다 정액제가 존재했다. 3D나 아이맥스는 추가 요금이 있지만, 그 외에는 1인당 20유로 정도(한화약 26000원)면 무한으로 영화를 볼 수 있다고. 모두 경험에 의해 말에서 말로 전해진 소식이라 틀린 정보도 있겠지만, 덕분에 다른 나라 영화판 소식을 들을 수 있어서 좋았다. 물론 이런 정보들은 인터넷에 검색하면 더 쉽게 얻을 수도 있다. 아마 자세한 수치와 함께 사진까지 볼 수 있겠지. 하지만 내가 듣고 싶은 건 단순한 정보가 아니라 영화를 좋아하는 사람이 실제로 겪은 다른 나라의 영화 이야기다.

극장으로 입장할 때 갑자기 영수증을 찢는 모습을 보고놀랐을 세일이의 모습. 영화의 고장 프랑스에 갔지만 영화

외에 다른 문화를 더 활발하게 즐기는 사람들을 만나게 된 은영 씨의 모습. 그런 상상을 하면서 들으면, '어느 곳이든 영화를 보는 사람이 존재하는구나'라는 생각과 함께 영화의 세계가 더 흥미롭게 느껴진다. 기회만 된다면 올해도 다른 나라의 영화 얘기를 꾸준히 들어볼 생각이다.

이후로 무려 3시간에 이르는 긴 인터뷰를 끝내고 밖으로 걸어 나오면서 은영 씨에게 부탁했다. "다음엔 더 흥미로운 프랑스 영화 얘기 들려주세요." 그리고 집으로 돌아와 이 글을 마무리하면서 세일이에게 카카오톡을 보냈다.

'세일아, 다음에 영국 영화 이야기 또 들려줘.'

◆◆◆

○
대박 영화 말고 인생 영화가 체질,
박 대표 아저씨

영화 수입하는 박 대표 아저씨를 합정역의 한 통닭집에서 만났다. 최근에 〈교실 안의 야크Lunana: A Yak in the Classroom〉(2019)라는 부탄 영화를 수입했는데, 시사회 장소로 무려 100석짜리 상영관을 두 개나 대관했다고 말했다. 영화에 자부심이 있는 분이라. 코로나19의 영향으로 시사회 규모가 축소되고 있는 분위기이지만 마음먹고 결정을 내렸다고. 원래대로라면 기자와 이벤트로 초대된 관객들로 상영관이 가득 찼겠지만, 요즘엔 그 어떤 영화도 그렇게 하기가 쉽지 않다.

더구나 대작이 아닌 작은 영화에 관심 가져줄 정도로 영화 시장이 여유가 있는 것도 아니었다. 아마도 관 하나는 텅 비었을 것이다. 빤히 예상되는 결과에도 왜 그렇게 무리했냐는 말에 "자존심이 있지, 관객들이 좋은 영화는 언젠가 알아봐줄 거니까"라며 헛웃음을 내뱉는다. 영화에 있어서는 양보가 없는 분이다. 그래도 어떻게든 좌석을 채우려고 뛰어다녔는지 통통하던 볼이 며칠 사이에 홀쭉해졌다. 수입한 영화를 극장에 건다는 건, 생각보다 더 어려운 일이다.

영화 수입 일을 하는 박 대표 아저씨가 영화를 가슴에 품게 된 건, 2005년으로 거슬러 올라간다. 당시에 박 대표 아저씨는 종로 낙원상가에 위치한(지금은 이대역 근처로 이전함) '필름포럼'에서 일하고 있었는데, 그때 이상한 영화 한 편을 만나게 된다. 가스 제닝스 감독의 SF 영화 〈은하수를 여행하는 히치하이커를 위한 안내서 The Hitchhiker's Guide To The Galaxy〉(2005). 그때만 해도 국내 관객들에겐 이런 기괴한 SF는 '개봉하면 망한다'는 편견이 강했다. 실제로 국내엔 한글 자막이 붙은 필름 한 통만 들어온 상태여서, 누가 정식으로 배급하지 않는다면 그대로 묻힐 영화였다.

당시 처음으로 홍보 업무를 맡게 된 박 대표 아저씨는 이 영화가 참 재밌었다고 한다. 어떤 면이 좋았는지는 아저씨만 알고 있겠지만, 내 생각에 〈은하수를 여행하는 히치하

◆◆◆

이커를 위한 안내서〉는 지금 봐도 먼 미래의 영화 같다. 내용을 보면 갑자기 지구가 망해서 우주를 여행하게 된 주인공의 이야기인데 황당한 지점들이 눈에 띈다. 이 영화의 설정상 우주에서 살아남기 위해 가장 필요한 것이 '수건'이다. 지구에서는 흔한 소모품에 불과했던 수건은 우주로 나오는 순간부터 보온에서 외계인 퇴치까지 다방면으로 쓰이는 레어템이 된다. 무슨 이런 황당한 영화가 다 있을까.

어쨌든 필름이 한 통뿐이라 자연스럽게 단관 개봉을 하게 됐는데 이게 웬일? 영화 좀 본다 하는 관객들 사이에서 제대로 입소문이 나버린 것. 박 대표 아저씨는 곧바로 '수건 축제'라는 것을 기획했는데, 은하수를 여행하는 인간에게 필요한 '수건'을 들고 영화관에 오면 할인을 해주는 이벤트였다. 아저씨도 처음엔 '대형 극장도 아니고 소형 극장에 굳이 수건까지 챙겨서 영화를 보러 올까?'라는 걱정을 했지만 결국 관객을 믿었다고 한다.

관객 입장이 시작되자, 당시 유행하던 삼순이 양머리 수건을 두른 관객부터 로마 시대 원로를 연상케 하는 큰 타

◆ ◆ ◆

월을 온몸에 두르고 나타난 관객까지, 꽤 많은 관객들이 좌석을 채우기 시작했다. 박 대표 아저씨는 특히 "수건 가져왔어요" 하며 가방에서 수건을 수줍게 꺼내는 관객을 보며 '관객들이 이 영화를 알아봐주는구나'라고 확신했다고 한다. 단관 300석을 가득 채운 〈은하수를 여행하는 히치하이커를 위한 안내서〉는 얼마 안 가 관객 수 1만을 돌파했다. 당시엔 '좋은 영화 지키기' 같은 문화가 있을 때여서 관객들이 좋은 영화를 지키기 위해 직접 행동에 나섰던 게 아닐까 싶다.

박 대표 아저씨는 이때 이야기를 할 때마다 '영화의 역사가 진정으로 기다리는 것은 새로운 영화가 아니라 새로운 관객'이라는 말을 입버릇처럼 한다. 자신은 그저 자기 자리에서 제 역할을 하면서 그런 관객들을 기다리고 있을 뿐이라고.

그로부터 무려 15년이 흘렀다. 잠시 화장실을 다녀온 사이, 박 대표 아저씨는 통닭집 주인과 무슨 대화를 진지하게 나누고 있었다. 들자 하니 가게를 가득 채우던 빠른 비트의 음악이 질려서, 감성적인 음악이 듣고 싶었다는 이야기. 그러고 보면 아저씨는 음악에 참 민감한데, 그래서인지 수입사를 차리고 가져온 두 번째 영화가 태국 음악영화 〈썩시드Suckseed〉(2011)였다.

이 영화를 처음 알게 된 건 '2019년 부천국제판타스틱영화제'가 열린 부천, 어느 카페에서 만났을 때였다. 첫 번째 수입작 〈행복한 라짜로Lazzaro Felice〉(2018)가 개봉한 지 얼마 안 된 시점이었는데, 박 대표 아저씨는 상기된 얼굴로 다음에 가져올 영화를 이미 정했다고 말했다. 사실은 수입사를 차리고 가장 먼저 개봉하고 싶은 영화였다는 그 영화는 최근에 찍은 영화도 아니고 무려 2011년에 개봉한 〈썩시드〉란 작품이었다.

국내엔 정식으로 개봉하진 않았지만, 꽤 오래된 영화인데다가 태국 영화라고 하니 내 입장에선 걱정되는 게 사실이었다. 우리가 들을 때 억양이 강하기로는 중국어를 꼽지만 태국어도 만만치 않다. 통통 튀는 발음 때문에 영어에 익숙한 관객들은 간혹 영화에 집중하지 못할 정도니까. 그러다 보니 속으로 '돈 되는 영화 좀 가져오시지……'라는

• • •

생각부터 들었다. 그렇게 생각할 수밖에 없는 게 영화는 공짜로 가져오는 게 아니다.

영화를 수입하는 일에 대해 이해하려면, '영화를 얼마에 사 올까?'라는 문장에 익숙해져야 한다. 나는 이 말을 이해하는 데 꽤 시간이 걸렸다. 옷처럼 영화 자체에 가격표가 달린 것도 아니어서, 영화를 보는 입장에선 티켓값을 지불하고 극장에 편히 앉아 영화를 보고 나오면 끝이라고 생각하기 쉽지만, 영화는 돈을 주고 사는 예술이다.

영화제가 개막하면 반드시 다른 한쪽에 열리는 게 '마켓'이다. 혹시 코엑스에서 열린 박람회를 가본 적이 있다면 딱 그 모습을 떠올리면 된다. 그곳에선 '영화'라는 상품을 테이블에 두고 거래가 이뤄진다. 마켓 관점에서 보자면 영화제는 관객을 모으는 '쇼'가 된다. 좀 과하게 말하긴 했지만, 이 과정은 영화제를 더 크게 키우는 원동력이며, 그 나라 관객들이 더 많은 영화를 접할 수 있는 기회를 마련해준다. 어떤 영화도 공짜로 제작되지 않으니까.

영화는 상품이다. 우리가 국내에서 보는 외국영화는 모

두 '누군가' 그 영화를 돈 주고 사 왔기 때문에 볼 수 있다. 일단 외국영화를 가져오려면 거래를 터야 한다. 영화사는 비싸게 팔고 싶고, 수입사는 최대한 싸게 사고 싶다. 적정 수준에서 눈치 싸움이 벌어지면 다행이지만 불행히도 좋은 영화는 누구든 가져오고 싶어 한다. 상품은 하난데 수요자가 많다면? 과한 비딩bidding(입찰)이 일어난다. 이런 과정 없이 적정한 가격에 가져오면 좋을 텐데 그렇지 않을 때가 더 많다. "근데 사람이 어디 이상적으로만 행동할 수 있나요. 마음에 드는 영화가 있으면 무리를 해서라도 사게 돼요." 박 대표 아저씨 말처럼 간혹 생각보다 더 비싸게 사올 경우가 생긴다.

그렇게 어렵게 가계약금을 지불하고 계약이 성사됐다고 끝이 아니다. 오히려 시작이다. '선재물'이라고 해서, 우리가 흔히 보게 되는 포스터에 쓰인 스틸 컷을 비롯한 아트웍을 받기 위해선 비용을 따로 또 지급해야 한다. 공짜로 주는 영화사는 많지 않다. 게다가 예고편 제작, 인쇄물, 요즘엔 굿즈 제작비까지. 모든 게 돈이다. 극장 개봉을 한 다음엔 일부 수익을 극장과 나눈 뒤, 영화사에 라이센스 비

◆ ◆ ◆

용을 지출하면 마무리되는데, 영화가 흥행을 하든 말든 일단 기본 계약금을 줘야 하며, 흥행 시에는 그에 따라 인센티브를 추가로 지급하는 경우도 있다.

이렇게 무수히 많은 과정이 지나야만 영화 한 편이 극장에 걸리게 된다. 이런 과정을 듣다 보면, '영화'라는 아름다운 세계가 간혹 무섭게 느껴질 때가 있다. 세상엔 공짜가 없다.

이런 과정을 어렴풋이 알기 때문에 크게 걱정했지만, 박 대표 아저씨는 확신에 찬 목소리로 "제가 이 영화(《썩시드》)에 사연이 참 많아요. 그래서 꼭 수입하고 싶네요"라고 했다. 듣자 하니, 박 대표 아저씨가 〈썩시드〉를 처음 본 것은 2011년쯤이다. 영화 일을 하다가 큰 실패를 겪고 힘들었는데, 아는 사람을 통해 우연히 알게 된 이 영화를 보고 큰 용기를 얻었다고. 박 대표 아저씨가 받은 '용기'의 크기가 어느 정도인지는 모르겠지만, 이 말을 하는 당사자의 얼굴에는 붉은빛이 아른거렸다. 아마도 그 순간이 떠올라서 그런 것 같았다.

〈썩시드〉는 세 명의 고등학생 펫, 쿵, 엑스가 고등학교 밴드를 결성하며 벌어지는 가슴 뜨거운 성장 영화다. 그들은 매번 실패하지만, 언젠가 성공할 거라는 믿음으로 밴드명을 '썩시드SuckSeed'로 정한다. '성공Success'의 '씨앗Seed'이란 뜻이 합쳐진 것으로, 언뜻 유치해 보이지만 담고 있는 내용만큼은 진실한 영화다. 보고 나면 박 대표 아저씨가 왜 그토록 감동받았는지 단번에 알게 된다.

영화를 보고 수입하기로 마음먹은 박 대표 아저씨는 어렵게 마련한 가계약금 500만 원을 영화사에 지불했다고 한다. 그리고 남은 계약금을 마련하기 위해 여기저기 투자자를 알아봤지만 남은 돈을 지불하지 못해 결국 수입하지 못했고, 그 실패가 몇 년 동안이나 아저씨 가슴속에 남아 있었다고 한다. 이제 네이버에 검색하면 〈썩시드〉 개봉일은 '2020. 1. 9'로 바뀌어 있다. 누적 관객 수가 많지 않아 나조차 슬픈데, 박 대표 아저씨는 그래도 후회하진 않는다고 했다.

무시당하면서도 계속해서 하고 싶은 음악을 하는 〈썩시드〉 주인공들은 끝까지 노래한다. "하지만 괜찮아. 아직 희

◆ ◆ ◆

망이 있어. 우린 루저일지 몰라도 포기하진 않아." 어쩌면 박 대표 아저씨는 포기하지 않는 자신을 응원하기 위해, 이 영화를 수입했는지도 모르겠다. 그 고집이 바보 같으면서도 부럽다. 이런 분이 있어서 내가 극장에서 편히 영화를 보고, 집에선 정식으로 다운받아서 볼 수 있는 거다. 그래서 참 고맙다.

이제 슬슬 글을 마무리하고 싶은데 박 대표 아저씨의 세번째 수입작 〈교실 안의 야크〉가 곧 개봉해서 그 얘기를 조금 더 써야겠다. 통닭집에서 만나기 며칠 전, 〈교실 안의 야크〉 시사회가 열렸다. 영화의 배경이 되는 곳은 세계 행복 지수 1위로 익숙한 나라 '부탄'의 오지 마을. 고도 4800미터에 위치한 외딴 벽지학교에 새로 부임한 선생님이 겪는 이야기다. 실제로도 전기가 들어오는 곳이 아니라서 촬영도 태양광에 의존할 정도로 어렵게 찍은 영화인데. 그래서인지 풍경 하나하나가 너무 환상적이다. 박 대표 아저씨도 모든 잡념을 잊게 만든 그 아름다운 장면에 빠져 이 영화를 수입했다고 한다. 앞서 얘기한 것처럼 코로나19로 인해 시사회 장소로 빌린 상영관이 통째로 빌 뻔했지만, 다행히 그 전날 모객에 성공해서 무사히 마쳤다고 한다.

아저씨는 극장 정리를 끝내고 나오는 길에, 한 관객을 만났다고 한다. 한참을 기다린 것 같은 그 관객은 영화를 자주 보진 않는데 처음으로 자신의 인생 영화를 만났다며 감사한 마음을 전하고 싶었다고 했다. 그 정도로 대단한 영화라고? 솔직히 말해서 나는 박 대표 아저씨의 첫 수입 작 〈행복한 라짜로〉가 더 대단해 보였다. '제71회 칸영화제'에서 각본상을 수상했고, '제19회 디렉터스컷 어워즈'에서 봉준호 감독은 이 영화를 보며 세 번이나 울었다며 올해 본 최고의 외국영화로 뽑기도 했다. 이렇듯 누가 봐도 참 대단한 영화인데, 정작 그 영화를 수입한 박 대표 아저씨는 〈교실 안의 야크〉에 더 마음이 간다고 했다. 그 이유가 궁금했던 나는 "왜요?"라고 물었다.

> "〈행복한 라짜로〉가 후일 비평가 사이에 걸작이 될 수 있는 영화라면, 〈교실 안의 야크〉는 누군가의 인생 영화가 될 수 있는 영화예요."

◆ ◆ ◆

박 대표 아저씨는 걸작보단 누군가의 인생 영화를 더 많이 수입하고 싶은 사람이다. 이런 분들의 노고 덕에 극장을 찾은 관객들은 잊지 못할 영화를 만날 수 있고, 그 한 편으로 또 내일을 살아갈 수 있는 힘을 얻을 수 있다.

Part 4.
하드보일드 세계에서 영화로 살아남기

○
수상보다 시상이 더 어려운
국내 최초의 망작영화제

　벌써 3회를 맞이한 '망작영화제'는 이름 그대로 대중성 또는 작품성에서 망한 영화에 특별한 상을 주는 행사다. 주는 사람 입장에선 이렇게 표현이 가능하지만, 받는 사람에겐 상당히 불쾌한 상이다. 내가 만든 창작물을 잘 못 만들었다고 상까지 주는데, 어느 창작자가 이런 상을 좋다고 할까. 이런 상을 받는다면, 나라도 욕부터 할 거다. 주최자 '엉준'이 매년 수상자들에게 연락하지만 아직까지 상을 받으러 온 관계자는 없다. 오히려 '너 고소' 메일을 안 받은 것으로 만족해야 할지도 모르겠다.

　수상보다 시상이 더 어려운 망작영화제는 국내에선 최초지만, 미국에서는 이미 오래전부터 이런 시상식이 열리고 있었다. '영화값으로 1달러도 아까운 영화'를 뽑자는 취지로, 1981년 미국 캘리포니아주에 위치한 어느 평범한 집에서 장난스럽게 시작된 '골든 라즈베리' 시상식은 어느

덧 39회를 맞이했다. 참고로 올해 골든 라즈베리 최악의 작품상은 〈캣츠Cats〉(2019)의 톰 후퍼 감독이 받았다. '대참사'로 요약된 국내 평가를 고려한다면, 고개가 절로 끄덕여지는 결과다.

이 시상식에서 영향을 받은 '망작영화제'는 2017년부터 시작됐다. 처음엔 작은 스튜디오에서 수상작을 발표하고 유튜브에 영상을 올리는 정도였는데, 온라인에서 큰 반응을 얻은 덕에 2018년엔 200석 규모로 관객 참여하에 진행됐다.

'망작영화제'니까, 분위기가 살벌할 것 같지만 참석해보면 이보다 후끈할 수가 없다. 마치 어느 유명 가수의 콘서트장에 온 느낌이랄까? 망한 영화 후보작이 호명될 때마다 좌석 곳곳에서 박수와 함께 강력한 지지의 함성이 들린다. 뭔가 이상하지만, 영화관에서 사람들에게 비아냥을 받은 영화가 이곳에선 어떤 걸작보다 인기가 많다. 누가 뭐래도 망작영화제에서는 망작이 주연이고 걸작이 조연이니까.

2018년 두 번째 망작영화제를 앞두고, 주최자이자 유일한

◆ ◆ ◆

심사위원인 엉준 형이 나에게 〈신과 함께 : 죄와 벌〉(2017) 패러디 영상에 출연을 제안했다. 영화에선 7대 지옥을 거치며 이야기가 진행되는데, 패러디물에선 주인공이 7개의 망작을 선정하며 지옥을 지나쳐 가는 방식으로 꾸며졌다. 촬영은 이틀 동안 진행됐는데, 나는 지옥 대왕들 옆에서 시중드는 판관 역이라 쉼 없이 촬영해야 했다.

"대왕님, 이번엔 2018년 마동석 특별상을 마련했습니다."

마동석 배우는 지옥에서 특별히 준비한 특별상을 받았다. 2018년엔 마동석 주연의 영화가 참 많이 나오긴 했다. 〈챔피언〉〈신과 함께 : 인과 연〉〈동네사람들〉〈성난황소〉〈원더풀 고스트〉. 믿기 힘들겠지만 이 영화들은 모두 2018년에 개봉했다.

그 외에도 '최악의 날로돈번영화상' '최악의 여배우상' '최악의 남배우상' '최악의 감독상' '최악의 수준미달상'까지 망작 수상작이 연이어 발표됐다. 지옥에서 선정한 영화라고 하면 이해 당사자 입장에선 심판받는 느낌이 들어서 불쾌했을 것 같긴 하다.

영화의 아름다움을 더 부각시키고자 하는 내 입장에서

◆ ◆ ◆

도 이런 프로젝트를 하는 것이 과연 옳은지에 대해 고민하지 않은 것은 아니다. 이번엔 아쉬웠지만 다음은 이를 토대로 더 잘 찍어달라는, 영화를 향한 강한 애정이 담겨 있다 할지라도 자칫 창작자를 향한 비아냥으로 들릴 수 있기 때문이다.

욕은 뒤에서 하고 앞에선 칭찬만 하면 듣는 사람도 말하는 사람도 서로 편하다. 하지만 이렇게 되묻게 된다. '아무도 쓴소리를 하지 않는다면, 과연 좋은 영화가 나올 수 있을까?'

친구에게 쓴소리를 하는 사람이 진정한 친구라는 말이 있다. 어쩌면 망작영화제는 아무도 관심 가져주지 않는 영화에 뜨거운 애정을 주는 진짜 영화 친구일 수도 있다. 이번엔 안타깝게 망작영화제 수상 명단에 올랐지만, 내년엔 관객들의 찬사를 받아 칸영화제에 초청되는 영화가 나올지도 모르는 일이다. 미래의 일은 아무도 장담할 수 없으니까.

우리에겐 〈그래비티Gravity〉(2013)로 유명한 배우 샌드라 불럭은 직접 '30회 골든 라즈베리 시상식'에 참석해 〈올 어바웃 스티브 All About Steve〉(2009)로 최악의 여우주연상 트로피를 받았다. 수상 소감으로 자신의 연기에 대한 변을 내놓을 뿐 아니라 〈올 어바웃 스티브〉 DVD를 그 자리에 있는 사람들에게 선물하기도 했다. 혹시 이 영화를 안 봤다면 보고 수상 여부를 다시 생각해달라고. 제대로 감상하지도 않고 자신에게 상을 준 거 아니냐는 말과 함께. 이보다 통쾌한 수상 소감이 또 있을까? 그리고 며칠 뒤, 샌드라 불럭은 제82회 아카데미 시상식에서 〈블라인드 사이드 The Blind Side〉(2009)로 여우주연상을 받았다. 최악의 상과 최고의 상을 모두 수상한 그녀의 당당한 모습이 얼마나 멋있는지 모른다.

감독이든 배우든 사람이기 때문에, 잘할 때도 있고 못할 때도 있다. 이 세상에 성공만 하는 사람은 없다. 올해는 최고지만 내년엔 최악의 해가 될 수도 있다. 이런 '인간다움'을 편하게 받아들였으면 좋겠다.

요즘엔 조금만 마음에 들지 않아도, 차마 입에 담을 수 없는 욕이 오간다. 그러나 영화는 빛과 어둠이 만들어낸 산물

◆ ◆ ◆

이다. 빛은 너무 아름답지만, 어둠이 없다면 그 빛을 아무도 볼 수 없다. 망작이 있어야 걸작도 존재할 수 있다. 망작영화제를 통해 '걸작'이든 '망작'이든 사람들이 모든 영화를 사랑하고 응원했으면 좋겠다.

망작영화제의 대상 트로피명은 '빛좋은 개살구 영화상'이다. 겉보기에는 먹음직스러운 빛깔을 띠고 있지만 맛이 없는 개살구라는 뜻인데, 시고 떫은 맛이라서 누구도 좋아하지 않는다. 하지만 그 쓴맛을 기억한다면 내년엔 더 좋은 영화를 만들 수 있지 않을까?

2019년 망작영화제에선 〈자전차왕 엄복동〉(2019)이 '빛좋은 개살구 영화상'을 받았다. 비록 이번엔 최악의 상을 받았지만, 그분들의 능력이 재평가되는 날이 오길 바라는 마음으로 수상작이 호명될 때마다 박수를 쳤다. 아마도 망작영화제에 티켓값을 내고 참석한 관객들의 마음도 그럴 것이다. 내년엔 여기 말고 칸영화제에서 만나길!

내가 별점을
싫어하는 이유

  나라고 처음부터 별점에 대한 반감을 가진 건 아니었다.
"이 영화는 별점 몇 점인 거 같아?"라는 질문은 물어보기
도 좋고, 상대가 어떤 답을 해도 쉽게 이해할 수 있다. 별
5개 만점에 4점은 최우수, 3점은 보통, 2점은 아쉬운 영화
로 쉬운 해석이 가능하다. 간혹 1점짜리 별점을 보게 되는
데, 이럴 때는 둘 중 하나다. 무작정 영화가 밉거나 푯값이
아까워서 화가 난 것.

  별점이 익숙한 평가 수단이자 인기 있는 참고 자료로 떠
오른 건 얼마 되지 않지만, 그 역사가 짧진 않다. 극장 개
봉한 최초의 유성영화 〈재즈싱어 The Jazz Singer〉(1927)에서
주인공 목소리가 극장에서 울려 퍼진 역사적인 날로부터
1년 뒤인 1928년, 미국의 영화평론가 아이린 서버가 《뉴
욕데일리뉴스》에서 영화 평을 작성할 때 별 3개를 기준으
로 표기한 것이 영화사 최초의 별점으로 알려져 있다. 그

•••

후로 별 개수가 좀 늘어나긴 했지만, 쓰임새는 달라지지 않았다. 그러니까 영화 별점은 불현듯 나타난 IT 신기술이 아니라 그저 널리 쓰이지 않았다가 다시 등장한 것뿐이다. 근데 우리는 언제부터 영화 별점이 익숙하게 된 걸까?

기상이변으로 얼어붙은 세상을 가로지르는 기차를 배경으로 한 영화 〈설국열차〉가 개봉한 2013년, 마침 그해 우리나라 영화 시장의 개봉 편수가 큰 폭으로 늘어났다. 영화진흥위원회 정책연구부에서 발표한 '2013년 한국영화 산업 결산' 자료에 따르면, 2012년 631편(한국영화 175, 외국영화 456)에서 2013년엔 905편(한국영화 183, 외국영화 722)으로 큰 폭으로 증가했다. 보통 50~100편 정도로 증가하던 개봉 편수가 2012년에 조금 더 늘더니 2013년엔 무려 약 300편 가까이 늘어난 것이다. 실은 '극장 개봉작' 문구를 붙이려는 수입 영화의 증가 때문이지만 동시에, 새롭게 떠오른 IPTV 시장이 전해 대비 24퍼센트 더 커졌기 때문이기도 했다. 여기까지만 보면, 이게 별점과 무슨 상관일까 싶다. 그런데 앞에 나온 숫자를 다시 보면 영화 편수가 급격하게 늘어나고 있다는 사실을 알 수 있다. 게다가 영화는 쌓이는 예술이다. 필름이 남아 있기만 하다면, 디지털화 작업을 통해 파일 형태로 변환하여 서버에 영원히 보관할 수 있다.

찰리 채플린과 영화계 양대 산맥으로 불린 버스터 키턴은 전성기를 지나 대중에게 잊혔지만, 찰리 채플린의 자전적 영화 〈라임라이트 Limelight〉(1952)에서 보조 출연자로 등장하면서 제2의 전성기를 맞이하게 된다. 그게 가능했던 이유는 아내가 창고에 남편 몰래 키턴이 출연한 영화 필름 통을 보관해뒀기 때문이다. 덕분에 키턴의 영화들은 세상으로 나와 재개봉되기 시작했고, 디지털화 작업을 통해 지금도 볼 수 있게 됐다.

이런 식으로 디지털화된 고전 영화부터 비교적 최신 영화까지 재개봉하며 영화 편수가 복리식으로 증가하고 있다. 어디 그뿐이랴. DVD 렌털 서비스로 시작해 스트리밍 서비스를 거쳐 오리지널 콘텐츠까지 만들기 시작한 넷플릭스는 극장 개봉 없이도 매년 수십 편의 영화를 온라인에서 개봉하기 시작했다. 관객들은 감당하지 못할 정도로 많

◆ ◆ ◆

은 영화 틈에서 관객들이 허우적대는 그즈음, 2013년 5월 7일 영화 추천 서비스 '왓챠'가 등장한다.

'왓챠'는 자신이 본 영화에 별점을 매기면 자동으로 영화를 추천하게 하는 서비스다. 그게 가능한 이유는 별점이 분류 가능한 숫자 데이터였기 때문이다. 동시에 별점은 문장을 쓰는 게 아니라 점수를 선택하기만 하면 되기 때문에 여러 편을 기록하는 데 훨씬 더 적은 시간이 소모된다.

왓챠가 처음 서비스를 시작한 시점에, 내가 일주일 만에 기록한 영화 편수는 2000편. 마치 게임하듯 영화 별점을 매기는 맛이 있어서 편수가 늘어날 때마다 레벨 업하는 쾌감을 느낄 수 있었다. 게다가 비슷한 취향을 가진 사람들이 취향 저격할 만한 영화를 추천해주니, 영화 고르는 시간이 큰 폭으로 줄어 효율성 면에서도 뛰어났다.

2013년부터 급격하게 늘어난 영화 편수에 발맞춰 별점에 대한 비중과 영향력은 점점 커졌다. 영화 잡지에서도, 네이버 영화 서비스에서도 별점은 가장 중요한 홍보 수단이자 권력으로 자리 잡았다. 까다로운 별점으로 변별력을 높인 스타급 평론가가 탄생하기도 했고, 특정 평론가가 별점 5점을 준 영화 리스트가 기사로 발행되기도 했다. 관객들은 영화를 고를 때 영화 평보다 별점을 우선시하기 시작했다. 바쁘고 복잡한 세상에선 별점보다 더 가독성이 좋은 글은 없었으니까.

2019년에 이르면 국내에서 개봉한 영화는 무려 1740편(한국영화 502, 외국영화 1238). 너무나 당연한 이야기지만, 이 작품을 모두 볼 수는 없기 때문에 개봉하는 영화 편수가 점점 많아질수록 선택에 어려움을 겪는 사람들은 별점에 더욱 집중하게 됐다. 1928년에 등장한 별점이 2010년대에 들어서 빛을 발하고 2019년에 절정에 이른 것은 어찌 보면 자연스러운 현상이었다.

나 역시 신나게 별점을 남기고 있었다. 별점 등록 편수 3000편을 향해 달려가던 어느 날, 문득 초라해진 나를 발견했다. 이전까진 이 영화의 어떤 장면이 좋았는지, 왜 좋았는지, 감독이 무슨 의미로 그렇게 찍었는지 각종 질문에 질문을 더해가며 글을 쓰곤 했는데, 별점 앞에서 나는 단지 멋져 보이는 한 줄을 쓰기 위한 고민만 거듭하고 있

◆ ◆ ◆

었다. 전리품처럼 쌓인 영화 포스터 옆구리에 표기된 별점 리스트를 보며 알 수 없는 허함을 느꼈다. 별점은 내 취향을 명확하게 알려주는 편리한 도구이긴 하지만, 영화가 보여주는 장면과 상관없이 비슷한 점수 영역대로 취향을 좁히는 숫자 매칭 시스템이기도 하다. 이는 길에서 우연히 이상형을 만날 확률 대신, 누가 미리 엄선한 이성만 만나는 것과 비슷하다.

최신순으로 적혀 있는 리스트를 거슬러 올라가 며칠 전에 남긴 별점과 한 줄 평을 읽었다. 영화를 사랑하는 꼬마 토토와 영원한 영사기사 알프레도의 별난 우정을 보여준 〈시네마 천국 Nuovo Cinema Paradiso〉(1988)이 첫 번째 영화로 기록돼 있었다.

별 4개(★★★★☆). '잘 만들어진 영화는 돈을 벌고, 아름다운 영화는 추억을 남긴다.' 별점도 높고, 그럭저럭 괜찮게 쓴 한 줄 평이지만 왜 이렇게 썼는지는 기억이 나지 않았다. 나는 무엇 때문에 〈시네마 천국〉이 좋은 영화를 넘어선 아름다운 영화라 표현했을까? 별점과 함께 기억이 소멸해버렸는지 아무 감흥도 남아 있지 않았다. 한마디로 표현하자면, '내가 썼는데, 내가 모른다'.

별점은 이보다 더 무색무취하다. 별 4개를 공유하는 것은 쉽지만 어떤 것도 설명해주지 못한다. 〈시네마 천국〉에서 토토가 자신이 좋아하는 필름 조각을 모아둔 통이 불에 타 속상해서 흘리는 귀여운 눈물도, 알프레도가 토토를 위해 남긴 아름다운 무삭제 키스 신 필름도, 별 개수 안에 묻혀버린다.

분명 영화 별점은 앞에서 말한 장점들이 있기도 하고, 이 시대에 가장 적합한 별평어(별점+비평+언어)이기도 하다. 하지만 지금처럼 별점이 영화를 표현하는 주 도구가 된다면 내가 아직 못 본 영화를 영원히 발견하지 못할 수도 있다.

20세기 최고의 천재 철학자 비트겐슈타인은 '나의 언어의 한계는 나의 세계의 한계를 의미한다'라고 했는데, 이는 내가 표현하는 언어가 얼마나 중요한지를 말한다. 유튜브를 보면, 한국어를 배운 외국인들이 한국어로 표현할 수

◆◆◆

있는 감정이 얼마나 다양한지 보여주는 영상이 많다. 이를 테면 '국물이 시원하다' '안마를 받으니 시원하다' '바람이 시원하다'는 모두 영어로 'cool'이다. 영어는 시원하다는 의미를 다양하게 표현하지 못한다. 이처럼 내가 쓰는 언어가 곧 내가 표현할 세계를 결정한다면, 별점은 영화를 별점의 개수 이상으로 표현하지 못한다. 영화를 보고 나와서 별이 몇 개인지를 생각하는 순간, 내 사고는 그 안에서 멈춰버릴 수밖에 없다.

영화 별점은 여전히 매력적인 언어다. 쉽게 쓰고 넓게 퍼진다. '별'로 분류된 영화들은 품질에 따라 다른 스티커가 붙여진 사과 상자처럼, 깔끔하게 포장되어 관객들에게 배송된다. 그 등급만 봐도 그 사과가 어떤 맛일지 예상할 수 있다. 등급이 비슷하면 맛도 비슷하니까.

이를테면 별 4개의 〈시네마 천국〉과 〈플란다스의 개〉(2000)는 내게 같은 영화가 된다. 하지만 영화는 사과가 아니다. 두 영화 모두 훌륭하지만 전혀 다른 영화다. 〈시네마 천국〉이 토토의 추억을 아름답게 보여준다면, 〈플란다스의 개〉는 개살인마(?)가 저지른 살인의 추억을 보여주는 영화다. 이처럼 별점은 영화가 가진 어떤 맛도 전해주지 못한다.

　나는 그 뒤로 리스트에 기록된 모든 별점을 삭제했다. 비록 며칠을 밤새우며 등록한 별점들은 '0'이 됐지만, 영화에 대한 내 생각은 다시 쓰면 된다. 좀 오래 걸리겠지만.

◆◆◆

○
영화를 좋아하는 사람과
좋아하는 척하는 사람

　나는 살면서 크게 두 종류의 사람을 만난다. 영화를 사랑하는 사람과 사랑하는 척하는 사람. 이렇게 말하면 어떻게 모든 사람을 두 부류로만 보냐며 따질 수 있겠지만, 꼭 그런 것만은 아니다. 내가 말하는 '영화를 사랑하는 사람'에 특별한 기준은 없다. 일주일에 한 번, 아니 한 달에 한 번 혹은 언제라도 영화가 보고 싶을 때 영화를 본다면 그 사람은 영화를 사랑하는 사람이다. 영화에 대한 사랑은 영화를 보는 것에서부터 시작되니까. 그러니 이런 기준을 적용하면 내가 만난 대부분의 사람들은 영화를 사랑하는 사람이다. 문제는 후자에 해당하는 사람이다.

　아이러니하게도 '사랑하는 척'하는 사람들은 영화를 잘 안다고 자부한다. 내 경험에 따르면, 그들은 상대방에게 먼저 '그 영화 봤냐?'고 따져 묻는다. 여기서 포인트는 '따져 묻는 것'이다. 궁금한 것이 아니라 떠보는 거다. 이런 질문의 이면에는 '이것도 안 봤으면서 어떻게 영화를 안다고 말할 수 있냐'는 의중이 담겨 있다. 이런 사람에게 '안 봤다'고 답하면, 그 사람은 흐뭇한 미소를 지으며 승자가 된 듯 꼭 보라고 말한다. 반대로 '봤다'고 말하면, 그 사람은 '몇 번을 봤는지' '언제 봤는지' 또 따져 묻는다. 정작 이 대화에 영화 관련 내용은 없다. 영화를 사랑하는 척하는 사람의 마음속에는 그저 내가 남보다 영화를 조금 먼저, 조금 더 많이 봤다는 이상한 자부심이 자리하고 있을 뿐이다. 물론 영화를 많이 보는 것은 좋은 일이지만 다른 이에게 강요해서도 안 되고, 얼마나 영화를 사랑하는지에 대한 판단의 척도가 돼서도 안 된다.

그런데 이상하게도 사람들은 이게 제일 궁금한가 보다. '시선 님은 영화를 얼마나 보셨어요?'라는 질문이 꽤 자주 들리는 것을 보면. 솔직히 이런 질문을 받을 때마다 움츠리게 된다. 혹시라도 '1년에 몇백 편 이상을 봐야지만 영화를 엄청 사랑하는 것'이라는 왜곡된 인식이 생길까 봐 무서워서.

오히려 나는 1년에 영화를 얼마나 봤는지 자랑스럽게 말하고, 그걸 동경의 눈빛으로 바라보는 장면을 경계한다. 사랑하는 대상을 영화가 아닌 사람으로 바꿔 생각해보자. 연인을 사랑하는 사람은 자신이 얼마나 그를 사랑하는지 주변 사람들에게 과시하지 않는다. 나의 진심 그 자체가 중요하니까. 영화도 마찬가지다.

1년에 한 편을 보더라도 몇 번이나 다시 보고, 사랑 고백하듯 수줍게 영화 얘기를 꺼내는 사람이 있다. 보문동에 사는 영상 제작자 영훈이 형이 그런 사람이다. 영훈이 형은 〈라라랜드〉를 본 후로 그 영화에 미쳐버렸다. 블루레이 플레이어가 있어야 볼 수 있는 블루레이를 먼저 구매하고, LP판, 엽서 등도 구매했다. 그리고 이 영화를 몇 번이고 돌려 본다. 내가 아무리 영화에 쏟는 시간이 많다고 해도, 영훈이 형의 〈라라랜드〉에 대한 사랑에는 미치지 못할 것이다.

몇 달 뒤, 영훈이 형 결혼식에 갔다. 결혼식 오프닝 곡으로 〈라라랜드〉 OST 'Another Day of sun'이 울려 퍼졌다. 〈라라랜드〉를 좋아하는 부부가 행복한 표정을 지으며 영화 속 주인공처럼 입장했다. 영화에 대한 사랑을 과시할 때는 남에게 하는 게 아니라 나를 위해 하는 것이다. 바로 이들처럼.

사실 강요보다 더 심한 것은 다른 이의 의견을 무시하는 경우다. 영화가 정말 예술이라면? 영화에는 정답이 없어야 한다.

2019년 12월 5일, 미국 플로리다주 마이애미비치에서 열린 '아트바젤 마이애미비치' 마켓에는 세계에서 가장 뜨거운 작품들이 모인다. 그런 대단한 작품들 사이에 웬 괴상한 작품 하나가 전시됐다. 바나나 한 개를 공업용 덕트테이프로 벽에 붙여놓은 작품인데, 그야말로 볼품없다. 그런데 이 작품은 12만 달러, 원화로 약 1억 3600만 원에 팔렸다. 내 눈에 이 작품은 그냥 바나나다. 1200원짜리. 예술품 딜러 에마뉘엘 페로탱은 이 작품에 '세계무역을 상징하고, 이중적인 의미를 갖는 고전적인 유머 장치'가 있다고 평했다. 누구의 말이 옳을까? 이건 바나나일까, 아니면 예술품일까.

감독과의 대화를 진행해보면, 관객들이 가장 많이 하는

◆◆◆

질문은 '연출 의도'다. '이 장면은 왜 이렇게 연출하셨나요?'라고 물었을 때 친절하게 답해주는 감독도 있지만, 단답형으로 '그냥'이라고 답하는 감독도 있다. 특히나 현장에서 연출 의도가 시시때때로 바뀌는 스타일의 감독이라면 더 그렇다.

며칠 전에 홍대에서 만난 장률 감독에게 〈후쿠오카〉(2020)에서 소담이 왜 등을 드는지 여쭤봤다. 바닥에 있던 밝은 등을 들어 올리는 소담의 모습이 예사롭지 않았으니까. 장률 감독은 "아마도 알게 되면 실망하실 겁니다"라는 말을 시작으로 답변을 이어갔다. 알고 보니 스태프들이 바닥에 있는 등을 미처 신경 쓰지 못했는데, 촬영 순간 그게 화면 안에 담겨버린 것이다. 장률 감독은 이 등이 카메라에 찍힌 우연에는 분명히 어떤 이유가 있을 것이라 생각했다고 한다. 그래서인지 이 '밝은 등'을 후쿠오카까지 가지고 가 영화에 재등장시키기도 했다.

"그럼 소담이 들고 있는 인형은 무슨 의미인가요?"라고 묻자, 감독은 같은 말을 반복했다. "아마도 알게 되면 또 실망하실 겁니다." 알고 보니 장률 감독은 〈군산 : 거위를 노래하다〉(2018) 촬영 당시, 우연히 기메코미 인형(버드나무 목각에 비단 헝겊을 끼워 넣은 인형)을 보게 됐는데, 그것이 참 이뻐서 사비를 들여 샀다고 한다. 비싼 돈을 주고 샀는데 한 번만 쓰기가 아까워서 〈후쿠오카〉에 또 등장시켰다고. 영화 속에서 소담이 들고 다니는 기모노를 입힌 얼굴 하얀 인형이 바로 그것이다.

그러니까 인형이 등장한 진짜 이유는 단순히 '감독의 마음에 들어서'인데, 이 소품을 인상적으로 본 관객들은 그 인형에 이런저런 이유를 덧붙여서 의미를 만들어냈다. 인형이 엄마를 상징하거나 소담 내면의 외로움을 보여주는 도구가 아닐까, 하는 의견들이 있었다. 이때 감독의 말을 그대로 반영한다면, 관객의 생각은 다 틀린 것일까?

"그러니까, 영화는 막 이렇게 이유를 찾는 겁니다. 이유를 찾다가 '아! 이런 정서구나'라고 깨닫고, 관객 스스로 의미를 찾아가려고 노력하는 것은 나쁘지 않다"며, 장률 감독은 자신의 의도보다 영화 관람자의 해석을 더 존중했다. 나 역시 영화가 극장에서 상영되는 순간부터 감독의 것이 아니라 관객의 것이라 믿는 쪽이어서 그 말에 공감했다.

• • •

작년에 특별 기획전으로 상영된 영화 GV에 참석했을 때였다. 영화를 보면서 이상하다고 생각했던 지점에 대해 솔직하게 느낀 바를 이야기하자, 어떤 관객이 "제가 알려드리지요. 며칠 전에 감독이 참여한 행사에서 그 부분을 물었더니 그냥 그렇게 찍었다고 하더군요"라며 빨간 펜을 쫘악 그어버렸다. '그냥'이라는 말 앞에선 어떤 말도 이어갈 수 없었다. 자신의 할 일을 끝내고 자리에 앉은 관객은 승자의 표정을 짓는 듯했고, 사회자는 그 말을 받아 '그럴 때가 많지요'라며 동조했다. 이후로 어떤 얘기들이 오갔을까?

이미 나와 있는 사실을 요약한 뉴스 같은 말들이 남은 시간을 채웠다. 집에서 인터넷으로 검색해도 되는 정보들의 나열. 나는 입을 다물었다. 내가 설명한 장면은 '아트바젤 마이애미비치' 전시장 벽에 걸린 바나나 신세가 됐다. 바나나가 그냥 바나나가 된 것이다. 그날 나는 이상한 사람이 됐지만 포기하진 않았다. 왜냐하면 그 영화를 사랑하니까. 의심도 하고, 오해도 하고, 치열하게 싸우면서 나는 그 영화를 더욱 사랑하게 된 것이다. '그냥 그렇다'라고 답이 정해지는 순간, 그 영화의 생명도 거기서 끝난다. 그래서 영리한 감독들은 이유를 최대한 늦게 말해주거나, 절대 말해주지 않는다. '그냥 찍었다'라는 방식으로.

영화를 사랑하는 척하는 이들은, 영화를 좋아하는 이들의 마음을 끊임없이 꺾는다. 틀렸다고. 바나나는 절대 예술이 될 수 없다고 깔보고 무시할 것이다. 그렇기 때문에 영화를 사랑하는 사람이 되는 방법은 이상한 사람이 되는 것이다.

그러나 영화는 '그게 사실이야' 혹은 '그게 맞아'가 아니라 '내가 어떻게 느꼈는가'가 더 중요하다. '얼마나 많이 봤냐'가 아니라 '얼마나 진심인가'가 더 중요하다. 진심이 되면 다른 건 보이지 않는다. 남들이 그 영화를 어떻게 생각하든, 내가 사랑한다는 사실이 더 소중해지니까. 원래 사랑에 빠진 사람은 눈먼 바보가 된다. 영화를 사랑하는 이들은 다 그런 상태에 빠진다.

◆ ◆ ◆

○
지난 공포 영화에 대한 인사,
굿바이 마이클

어떤 공포 영화가 가장 무섭냐고 물어보면, 신기하게도 내 주변 사람들 대다수가 '깜짝 놀라게' 하는 영화라고 대답한다. 참 이상했다. 신체가 훼손되는 '고어물'까지 잘 보는 분들도 무언가가 불쑥 등장하는 영화는 무섭다고. 왜 그럴까? 아직도 그 이유를 찾고 있지만, 우선 내가 내린 결론은 '일상적 공포'의 유무 차이다. 내가 걷는 길 앞에 낯선 이가 불쑥 나타나 공격했다는 TV 속 뉴스 혹은 영화 속 장면이 나에게도 일어날 수 있는 일이라는 걸 무의식적으로 느끼기 때문은 아닐까.

1963년 10월 31일 할로윈. 아무 설명도 없이 여섯 살 남자아이가 누나를 살해하고, 피 묻은 식칼을 든 채 부모 앞에 나타나는 장면으로 시작하는 영화 〈할로윈Halloween〉(1978)은 존 카펜터 감독을 단숨에 최정상으로 끌어올렸고, '슬래셔 무비' 장르를 완성한 작품이라는 찬사를 받는다. 이런 슬래셔 무비 장르는 1960년에 개봉한 〈싸이코〉에서 시작된다. '빠밤. 빠밤. 빰빰빰. 악!' 소리와 함께 샤워를 하던 여성이 쓰러지고, 얼굴 없는 남자가 들고 있던 칼을 내리꽂는 장면. 지금도 '공포 영화' 하면 반드시 언급되는 명장면이다. 이 장면을 길게 늘린 것이 '슬래셔 무비'다. 그러니까 이 얼굴 없는 남자는 〈할로윈〉〈나이트메어A Nightmare On Elm Street〉(1984) 〈스크림Scream〉(1996) 등을 거쳐 지금까지 이어져오고 있다.

〈할로윈〉의 '마이클'은 칼을 들고, 여성은 소리를 지른다. 여성은 도망가고 경찰은 총을 쏘지만 소용없다. 결국엔 2층에서 떨어진 마이클 마이어스가 흔적도 없이 사라지면서 신체적 우월함을 과시한다. 공포 영화에서 절대 죽지 않는 존재, 마이클 마이어스 같은 존재는 그런 식으로 영웅화되어 공포 장르의 주인공이 됐다. 여성이 흘린 피로 얻은 성취. 이는 부정할 수 없는 공포 영화의 역사 그 자체이다.

그럼, 이제 이런 공포 영화를 없애면 되는 걸까? 서스펜스의 창시자 '히치콕'을 부정하고, 여성 캐릭터를 쉽게 희

❖ ❖ ❖

생시키며 소비한 과거 영화 필름들을 쌓아두고 불을 지르면 여성 서사가 확장될까? 이것도 하나의 방법은 될 수 있겠지만, 나는 여성 서사의 확장은 '복수'가 아닌 '상상력'의 팽창이라 믿는다. 만약 복수를 해야 한다면 그것은 영화 밖이 아니라 안에서 일어나야 한다. 나는 그 변화의 시작이 2018년에 개봉한 데이비드 고든 그린 감독의 〈할로윈Halloween〉이라 믿는다.

2018년 〈할로윈〉은 팟캐스트 방송을 만드는 사건 조사 전문 기자들이 40년 만에, 마이클 마이어스가 있는 정신병원에 방문하면서 시작된다. 이들은 호기 넘치게 1978년 〈할로윈〉의 상징인 가면을 들고 '마이클'을 부른다. 그때 주변 환자들은 몸을 흔들고 소리를 지르는데, 마치 서로 다른 악기가 하나의 음악이 되듯 분위기가 고조된다. 그 장면이 몹시 섬뜩하게 연출됐는데, 마치 죽은 자를 살리는 느낌이었기 때문이다. 여기엔 이유가 있다.

16년 만에 돌아온 〈할로윈〉은, 2002년에 개봉한 여덟 번째 작품 〈할로윈 : 레저렉션Halloween : Resurrection〉이 아닌, 1978년에서 이어진다. 다시 말해, 2018년 〈할로윈〉은 40년 만에 새로운 모습으로 돌아온, 원작의 후속편이 되는 거다. 이름뿐인 '리부트'가 아닌 게, 1978년 작품에서 원조 마이클 마이어스를 연기한 '닉 캐슬'과 그에게 쫓기는 로리 스트로드를 연기한 '제이미 리 커티스'가 이 영화에 다시 등장한다. 그러니까 〈할로윈〉의 요란한 첫 장면은 무려 40년간 제자리에 있는 그놈(?)을 영화 안으로 다시 불러들이는 영화적 주술인 것이다. 그렇다면 감독은 마이클을 왜 다시 깨운 것일까?

영화의 중간 과정은 크게 다르지 않다. 이번에도 교통사고로 탈출한 마이클 마이어스는 10월 31일 할로윈에 맞춰 마을에 나타나, 식칼로 닥치는 대로 사람을 죽인다. 영화 밖의 시간은 40년이 지났지만, 그 안에 존재하는 '마이클 마이어스'의 힘은 변한 게 없다. 후반부, 마이클은 1978년 〈할로윈〉에서 죽이지 못한 여성 '로리 스트로드'를 죽이기 위해 로리의 집으로 향한다. 하지만 과거와 달리 이번엔 로리가 준비한 '영화적 반격'이 시작된다.

자신의 딸 캐런과 손녀 앨리슨을 데리고 요새로 몸을 피

◆ ◆ ◆

한 로리는, 1978년도에 자신이 당했던 끔찍한 상황을 그대로 되갚아준다. 2층에서 마이클과 몸싸움을 벌이다 땅으로 떨어진 로리는 마이클이 내려다보기 직전에 그 자리에서 사라진다. 이는 1978년 〈할로윈〉의 엔딩 장면으로 '마이클 마이어스'를 신격화한 것이었다. 그 자리는 이제 로리의 자리가 됐다. 그러나 마이클이 허약해 보이는 캐런을 공격하면서 공포 영화의 공식이 다시 반복되는 듯 보인다. "엄마 못 하겠어요"란 캐런의 말에 기다렸다는 듯 마이클이 지하실 입구에서 모습을 드러낸다.

가면 때문에 표정을 볼 수도 없고, 대사도 한마디 하지 않지만 '달라진 건 없어! 이제 내 식칼에 죽어줘야겠군!' 이라고 말하는 듯하다. 그 순간, 캐런의 표정이 바뀌더니 수없이 연습한 대로 정확하게 방아쇠를 당겨 마이클을 쏴버린다. 마이클은 지하실로 굴러떨어지고, 지상으로 올라간 캐런과 앨리슨은 로리와 함께 마이클을 내려다본다. 위아래의 위치가 바뀐 상황. 수많은 공포 영화에서 등장했던, 피해 여성들이 위쪽에 서 있는 가해자를 보며 비명을 지르는 모습은 더 이상 반복되지 않는다. 수십 년 동안 이

어져온 공포의 상징을 이젠 위에서 아래로 바라본다. 영
화는 눈으로 보는 예술이고, 2018년의 〈할로윈〉은 상황이
어떻게 역전됐는지 분명히 느낄 수 있게 한다. 영화 밖에
선 '할로 퀸'이라 불렸지만, 실상 영화 속에서 피해자를 연
기한 제이미 리 커티스는 로리의 입을 빌려서, 마치 지난
날의 공포 영화 장르에 이별을 고하듯 마이클에게 이야기
한다. "굿바이 마이클."

　영화 필름을 불태운다고 해서 지난날의 역사가 지워지
는 건 아니다. 물리적인 힘에 의해 영화가 사라질 수 있었
다면, 영화는 예술이 될 수 없었을 것이다. 그렇다면 '변
화'의 시작은 간단하다. 영화 안에서 지난날의 관습을 불
태워버리면 된다. '마이클'이 죽었다고 해서 영화가 망했을
까? 아니. 로튼 토마토는 80퍼센트 신선도를 유지했고 제
작비 120억으로 3000억을 벌어들였다.
　앞으로 시장 논리, 장르의 틀에서 벗어난 '상상력'의 팽
창이 더욱 활발하게 일어날 것이라 믿는다. 그것은 남녀노
소, 관객 모두에게 이로운 일이다.

･･･

여성 캐릭터에게 가장 폭력적이었던 '공포' 장르의 공식은 이미 차츰 무너져가고 있고, 국내의 다양한 영화에서도 성역할의 구분 없는 스토리텔링이 이뤄지고 있다. 남성 스포츠라 여겨지던 야구 세계에 도전하는 〈야구소녀〉(2020), 가부장제하에 잊고 지낸 첫사랑을 찾아 홋카이도로 떠난 〈윤희에게〉, 피가 섞이지 않고도 가족이 될 수 있다는 걸 보여준 두 여성의 이야기 〈미성년〉(2019)까지.

그렇다고 해서 여성 서사를 특별하다고 이야기하고 싶진 않다. 이제 막 변화가 시작됐을 뿐이다. '여성'이라는 수식어가 사라지고 여성 주인공이 여성의 모든 것을 대변하는 듯한 이야기가 사라졌을 때, 여성 서사를 다룬 영화가 특별하지 않고 흔해졌을 때, 그때가 진정 영화의 상상력이 모든 사람들을 포용하는 방향으로 흘러갔을 때라고 믿는다.

○
아름다운 것들은
관심을 바라지 않지

"아름다운 것들은 관심을 바라지 않지Beautiful things don't ask for attention)" 며칠을 산등성이 높은 곳에 앉아 숨죽이던 사진작가가 눈표범을 기다리며 한 말이다. '유령 표범'이라 불리는 눈표범은 티베트고원의 추운 지역에 살기 때문에 목격하는 것도 쉽지 않지만, 눈치가 빨라서 사진을 찍기란 더더욱 어렵다. 그래서일까? 우린 월터와 함께 그 눈표범이 등장하기만을 기다린다. 그 '아름다운 것'은 어떻게 생겼을까?

〈월터의 상상은 현실이 된다The Secret Life Of Walter Mitty〉(2013)를 본 지 벌써 몇 년이 지났지만, 이 대사를 가끔 떠올린다. 진짜 아름다운 것들은 누군가의 관심에도 신경 쓰지 않는다는 말이다. 글로 읽으면 쉬운데, 입으로 세 번만 소리 내보면 어렵게 느껴지는 대사다. 아마도 머리로는 이해하지만, 몸이 따라주지 않아서 그럴 것이다. 그동안 우리는 아

◆◆◆

름다운 것이 관심받는 세상에서 살아왔으니까.

　새로 산 다이어리 앞에 이 문장을 멋들어지게 적어두면 왠지 모를 '쿨함'이 몸을 감싼다. 나는 이런 사람이라고. 그걸 찍어서 SNS에도 올려본다. 사람들이 '좋아요'를 눌러주니 기분은 좋은데, 아이러니하게도 올린 게시물과 상황이 맞지는 않는다. 갑자기 그 관심이 따끔거린다. 나는 관심받아 아름다운 것일까? 아니면 아름답다고 믿는 나를 알아본 사람들이 관심을 가져주는 것일까?

　2017년 10월 7일, 잠실종합운동장에서 영화음악계의 거장 한스 짐머 콘서트가 열렸다. 저작권료를 따로 지불하지 못해서 그런 건지, 해외 공연과 달리 영화음악이 연주되는 동안 스크린에는 영화 대신 볼륨 그래픽 이미지가 채워졌다. 이상한 막대그래프를 보며 음악을 들어야 한다는 사실이 퍽 불만스러웠지만 그것도 잠시, 〈다크 나이트 The Dark Knight〉(2008) 〈인터스텔라 Interstellar〉(2014) 영화음악이 들려오자 불만은 저 멀리 사라졌다. 연주자들은 한스 짐머 할아버지의 현란한 손짓에 따라 환상적인 영화음악을 선보였다. 〈라이온 킹 The Lion King〉(1994) OST 연주가 시작됐을 때 사람들은 너도나도 스마트폰을 머리 위로 높이 들어 무대를 찍기 위해 안간힘을 썼다.

'근데 잠깐, 내가 뭘 하고 있는 거지?' 음악을 들어야 하는데, 나는 어느새 스마트폰 화면만 보고 있었다. 그 사실을 깨달았을 때 이미 공연은 막바지에 이르러 있었다. 공연이 끝나고 집으로 돌아오는 길에 스마트폰 속 영상을 봤지만 전혀 아름답게 느껴지지 않았다.

우린 무엇이든 인터넷에 올리지 않으면, 내가 사라지는 시대에 살고 있다. 음식을 먹기 전에 찍고, 음악을 듣기 전에 가수를 찍고, 눈으로 보기 전에 풍경을 찍는다. 내가 아름답게 사는 것보다 아름답게 사는 모습을 보여주는 게 먼저인 시대가 됐다. 나라고 다를까? 스마트폰을 내려놓고 눈으로 한스 짐머를 보고 귀로는 음악을 들었다면, 그 감동이 더 오래 아름답게 남아 있지 않았을까.

1936년 헨리 루스가 창간한 잡지 《라이프 Life》는 다양한 사건들을 사진으로 담아왔지만, 인터넷의 영향으로 2007

◆ ◆ ◆

년 폐간했다. 영화 〈월터의 상상은 현실이 된다〉는 그 시
점의 이야기다. 마지막 호 표지를 장식할 사진을 구하기
위해 동분서주하던 월터는 드디어 산자락에서, 전설적인
사진작가인 숀 오코넬을 만나게 된다. 월터의 관심은 오직
표지 사진에만 있지만, 숀은 아주 중요한 순간을 앞두고
있었다.

　눈표범을 기다린 지 며칠째, 갑자기 숀은 카메라 뷰파인
더 앞으로 월터를 이끈다. 월터가 들여다보고 있는 렌즈 안
으로 눈표범이 등장한다. 그러나 숀은 아무것도 하지 않고
그저 바라만 본다. 그 모습이 답답했는지 월터가 묻는다.

　"언제 찍을 거예요?"
　"아름다운 순간을 보면 어떨 때는 안 찍어. 카메라로 방해
　하고 싶지 않아. 그저 그 순간 속에 머물고 싶지."

　눈표범은 관심을 바라지 않고, 이들은 카메라로 그 순간
을 방해하지 않는다. 이 장면과 대사가 어찌나 아름답던
지. 우린 아름다운 순간을 인터넷에 남기려고 애쓰지만,

정작 우리가 아름다운 순간은 카메라 뒤에서, 삶을 살아가고 있는 모습이다. 이 글을 쓰기 위해 몇 번이나 머리통을 감싸는 나, 매일 같은 하루지만 오늘도 출근길에 나서는 당신, 월터가 그토록 찾은 《라이프》 마지막 호 표지 사진처럼.

"아름다운 것들은 관심을 바라지 않지."

◆◆◆

시선이 머무르는 곳   Part 5.

○
시라고 항상 운을 맞출 필요 없어,
그냥 창조적이면 돼

삶에는 '꼭 이렇게 살아야 한다'는 규칙이 있다. 초등학생은 대형을 갖춰 교장 선생님 훈화 말씀을 들어야 하고, 고등학생은 좋은 성적으로 명문 대학교에 입학해야 하고, 대학생은 좋은 기업에 취직하기 위해 취업 준비를 해야 하고, 취직 후 이제 모든 게 완성됐다고 생각한 순간, 결혼 이야기가 나오기 시작한다. 가끔은 그게 당연하게 느껴지기도 한다.

그래서일까? 나는 초등학교부터 고등학교 때까지(다른 상은 몰라도) 개근상을 놓친 적이 없다. 대학교에 가서도 정해진 규칙을 최대한 지키려고 노력했다. 비록 좋은 성적이 뒤따르진 않았지만, 누군가 정해놓은 규칙에 따라 움직이면 이 세상에서 살아남을 수 있을 것 같았다. '다들 이 길이라고 하니까, 맞겠지.' 그렇게 생각하다가 스물일곱 살이 됐다.

스물일곱은 참 애매한 나이다. 계절이 조금 빨리 지나가는 걸 느끼기 시작한 나이. 정해진 규칙대로 모든 과정을 성실하게 끝냈지만, 그 이후는 '노답'인 상황. 그동안 수없이 "네 꿈은 무엇이냐?"라는 질문을 받았지만 제대로 생각해본 적은 없다. 이제 정말로 그 질문에 대한 답을 진지하게 고민하려는 순간, 돈 걱정이 꿈의 자리에 새치기해 들어온다. 정말로 땅을 파도 돈이 안 나오는 현실에 부딪힌 젊은이가 스물일곱의 내 모습이었다.

　세상이 아무리 백세 시대라고 이야기해도, 스물일곱이 느끼는 현실은 행복보다는 절망에 가깝다. 마치 거기서 모든 게 끝나는 것 같은 느낌도 받는다. 어느 것 하나 확실하지 않고 불안하니까. 이때까지도 나는 모든 것이 규격화된 삶을 사는 사람이었다. 그런데 그런 공간과 사람들이 등장하는 영화가 있다.

　지금은 〈그랜드 부다페스트 호텔The Grand Budapest Hotel〉(2014)로 국내에 잘 알려진 웨스 앤더슨 감독의 영화를 보고 있으면, 그의 영화에 등장하는 인물이 마치 나 같다는

◆ ◆ ◆

생각을 하곤 했다. 규격대로 만들어진 인형의 집에서 정해진 규칙대로 움직이는 인물들. 웨스 앤더슨은 정말로 각도기를 들고 영화를 촬영한 것처럼, 1도의 오차 없이 카메라를 이동시킨다. 그뿐만 아니라 강박증이 있는 사람이 공간을 좌우대칭으로 나눠서 데칼코마니한 것처럼, 정확히 반으로 쪼개서 접은 듯한 느낌을 준다. 그 안의 인물들은 정해진 규칙대로 움직인다. 마치 나처럼.

규격화된 공간에 규칙적으로 움직이는 인물들이 등장하니 지루할 만도 한데 이상하게 눈이 즐겁다. 실은 언뜻 보면 좌우대칭이지만, 자세히 보면 좌측과 우측이 다르기 때문이다. 배경이 비슷하면 인물 위치가 다르고, 인물이 중심에 위치하면 배경이 다르다. 같은 벽면이지만, 우측에는 액자가 비어 있거나 인물이 모두 앉아 있고 좌측 공간의 인물만 서 있는 거다. 그러니까 정확하게 말하면, 웨스 앤더슨 감독은 정해진 규칙을 좋아하는 사람이 아니다. 오히려 세상이 만든 규격화된 틀에 오류를 만들어 일탈의 즐거움을 선사한다.

나도 그렇게 내가 사는 세상에 한 점의 오류를 만들고 싶었다. 일단 일상의 사소한 부분부터 오류를 만들었다. 구겨진 채로 박스에 담겨 있던 〈쇼생크 탈출The Shawshank Redemption〉(1994) 포스터를 꺼내, 방 오른쪽 벽에 붙였다. 왼쪽 벽은 비어 있고 우측에는 영화 포스터가 걸려 있으니, 뭔가 불균형한 그 느낌이 좋았다. 이 포스터를 떼면 그 뒤로 얼굴 만한 구멍이 있겠지. 〈쇼생크 탈출〉에선 주인공이 그 구멍으로 탈옥한다.

3분 도시락을 사러 편의점에 갈 때는 한쪽 발만 슬리퍼를 신었다. 이런 게 스트리트 패션일까? 그렇게 사소한 것부터 하나씩, 내 몸에 붙은 좌우대칭력에 조금씩 오류를 만들어나갔다.

심지어 그해 겨울엔 무슨 생각이었는지, 면접 대신 극장에 갔다. 당연히 그 회사에 갈 수 없었고, 대신 감상 영화 한 편이 늘었다. 27년 역사상 가장 비대칭적인 오류였다. '서류 통과가 됐다고 꼭 면접에 가야 할 필요는 없잖아?' 그게 전부였다.

◆ ◆ ◆

〈문라이즈 킹덤Moonrise Kingdom〉(2012)의 주인공 샘과 수지는 어른들이 만든 세상으로부터 벗어나, 둘만의 아지트로 떠난다. 그곳에서 둘은 자유로운 시간을 만끽한다. 누구의 시선도 두려워할 필요가 없는 그곳에서 수지는 비키니만 입고 다니고, 샘은 그런 당당한 수지의 모습을 그린다. 한껏 시간을 보내고 언덕에 앉은 샘과 수지. 수지는 쌍안경을 꺼내 그 너머의 세상을 바라본다. 마치 웨스 앤더슨 감독이 관객들에게 보여줬던 대칭 화면처럼.

> 샘 : "왜 쌍안경으로 봐?(Why do you always use binoculars?)"
> 수지 : "멀리 있는 게 잘 보이잖아. 내가 마술 부리는 것 같아
> (It helps me see things closer, even if they're not very
> far away. I pretend it's my magic power)."
> 샘 : "그 말, 시처럼 들린다(That sounds like poetry)."

어쩌면 웨스 앤더슨이 보여주는 건 영화가 아니라 마술인지도 모른다. 하지만 그는 샘의 입을 빌려 나에게 말했다.

샘 : "시라고 항상 운을 맞출 필욘 없어 (Poems don't always

   have to rhyme, you know)."

   "그냥 창조적이면 돼 (They're just supposed to be creative)."

그래, 내 삶을 꼭 다른 이들의 운에 맞출 필욘 없지.

◆ ◆ ◆

○
당신이 영화를 만들면,
당신은 반드시 주인공일 수밖에 없다

영화 감상이 본업이 된 지 6년쯤 될 무렵이었을까? 문득 발견한 것이 있다.

그날도 다른 날과 크게 다를 것 없었다. 영화 티켓을 구매하고, 스타벅스에서 아이스 아메리카노를 샀다. 영화를 두 편 연속으로 볼 예정이라 커피는 벤티 사이즈로. 항상 그렇듯이 영화 시작 시간보다 10분 일찍 좌석에 앉았다. 스크린에 바디프렌드 광고가 지나가고, 금호타이어 캐릭터가 관람 에티켓을 설명해준 후 영화가 시작됐다. 주인공이 큰 위기를 넘기며 조금씩 성장하는 영화였다. 해피엔드로 끝났지만, 해결되지 않은 질문이 남았다.

주인공이 앞으로 어떻게 살지는 알겠는데, 영화에서 스쳐 지나간 그 수많은 조연들은 어떤 삶을 살아갈까? 그들은 어떤 사람들이었을까? 어떤 직업을 가졌고 어떤 사연을 가졌을까? 영화는 주인공을 중심으로 진행되기 때문에

단 한 번도 조연들의 삶을 생각해본 적이 없다. 큰 발견이라도 한 듯, 스마트폰 노트 앱에 질문을 적었다.

"영화 속 조연들은 '조연'이어도 행복할까?"

초등학생이라면 누구나 장래 희망란에 꿈을 적는다. 사실 꿈보다는 직업을 적는다. '대통령' '간호사' '경찰관'은 인기 있는 직업군이다. 요즘엔 마블 스튜디오 영화를 좋아하는 친구들이 아이언맨이나 타노스를 적는 경우도 있다고 들었다. 타노스가 돼서 뭘 하고픈 걸까? 아무튼 그곳에 무엇을 적든 그걸 비웃는 부모는 없다. 부모에게 아이는 언제나 '주인공'이기 때문이다. 주인공은 주인공이니까 뭘 해도 괜찮다.

우린 부모님의 바람에 따라 '주인공'으로 자란다. 친구들은 나를 중심으로 지나가고, 학교는 나를 중심으로 존재하며, 부모님은 내가 중심이 되는 삶을 산다.

그렇게 평생을 주인공으로 살고 싶지만, 이른바 '인생의 장애물'이라 불리는 허들에 몇 번씩 부딪히고 나면 어느새 주인공에서 멀어져간다. 그러다 문득 깨닫는다. '나는 조

• • •

연이었구나…… 내가 조연이라니!' 처음엔 어색하고 불편하지만, 첫 조연 데뷔를 잘 마치고 나면 그 배역에 익숙해진다.

고등학교 1학년 때 반장이 되고 싶었다. 이유는 모르겠는데, 학창 시절의 주인공은 반장이라고 생각했던 것 같다. 더구나 고등학교에 진학하면서 다른 지역으로 이사를 가야 했고, 생소한 환경에서 조연이 되고 싶진 않았다.

반장 선거날 나는 손을 들었고, 어설프게 적힌 공약들을 읊었고, 투표 결과를 기다렸다. 그리고…… 가장 낮은 득표율로 떨어졌다. 이후로 자연스럽게 조연으로 고등학교 시절을 보냈다. 공부 잘하는 친구들을 따라가기 바쁜 조연, 인기 많은 친구들을 돋보이게 하는 조연, 졸업 사진을 가득 채워줄 배경이 된 조연.

세상에 존재하는 모든 영화에는 주인공이 정해져 있다. 주인공을 제외한 남은 사람들은 모두 '조연'이라는 단어에 묶여, 네모난 스크린 안으로 들어갔다 나오길 반복한다. 이번 생에서 나는 얼마나 많은 영화에 등장하고 사라지길 반복했을까? 그리고 당신은?

영화에는 '스핀오프'라는 용어가 있다. 기존의 영화에서 등장인물이나 설정을 가져와 새로 이야기를 만들어내는 것을 말한다. 이를테면 '배트맨' 시리즈에 나오는 다양한 적들 중 하나인 '조커'가 주인공이 되면 그게 스핀오프 영화다. 〈다크 나이트〉에서 조커는 배트맨을 더 강하게 만드는 악당 조연이지만, 〈조커Joker〉(2019)에서 그는 사회문제를 표면화시킨 주인공이 된다.

그러니까 애초에 '영화 속 조연들은 조연이라도 행복할까?'라는 질문은 틀렸다. 조연도 얼마든지 주인공이 될 수 있다. 그러니 남의 영화에선 조연의 역할을 잘 수행하고, 내 영화에선 내가 주인공이 되면 된다. 당신이 영화를 만들면, 당신은 반드시 주인공일 수밖에 없다.

◆ ◆ ◆

○
마음에도
근육이 필요하다

　몸에 근육이 없으면 어떻게 될까? 나는 이 질문을 최근
에서야 하게 됐다. 매일 영화 보고, 글쓰기를 반복하다 보
니 날이 갈수록 불안했다. '몸이 안 좋으면 이 생활을 오래
하긴 힘들 것 같은데?'라는 생각이 들어서 일단 가벼운 마
음으로 헬스장에 들렀다. 운동을 좀 하면 금방 괜찮아질
거라 생각했는데, 선생님은 단호했다. "이젠 다시 예전으로
돌아갈 수 없어요. 이미 몸이 망가진 상태라 유지하는 것이
최선입니다." 몰랐는데, 몸에도 나이가 있나 보다. 무서워
서 바로 등록했다.

　"자, 힘 빼세요."
　"이 부분에 집중하세요."
　"관절은 축입니다. 힘은 근육으로."

운동하면서 매일 듣게 되는 위의 세 문장. 최근 들어 조금씩 근육이 생기면서 궁금해졌다. 근육이 없으면 우리 몸은 어떻게 될까?

결론부터 말하면, 힘을 써야 할 어떤 상황에서 근육이 없으면 몸은 본능적으로 관절을 쓰거나 그런 목적이 아닌 다른 근육을 빌려 온다고 한다. 그런 상황이 반복되면 마지막 버팀목인 관절이 망가지게 되고 몸이 이상하게 변해버린다. 그걸 인지한 상태에 이르면, 이미 늦은 것이다. 병원에서 적절한 처방을 받겠지만, 그렇다고 해서 망가진 몸이 원래대로 돌아오진 않는다.

마음도 몸과 다르지 않다. 마음 주변에도 근육이 있다. 평소에 이 근육을 잘 키워야 한다. 마음 근육은 지금 내 상태를 알 수 있게 해주는 역할을 한다. 때문에 근육이 없으면 잘못된 방식으로 감정을 분출하게 될 수도 있다. 평소엔 하지 않는 행동을 한다든가, 사람이나 사물을 향해 폭력적인 언행을 할 수도 있다. 급기야 마음을 다치게 되면, 망가진 몸처럼 되돌릴 수가 없게 된다. 혹시 나도 그런 적

• • •

이 있는 건 아닐까? 만약 그런 상황이 오면, 우린 어떻게 해야 할까?

　잘나가는 투자 분석가 데이비스는 차를 타고 아내와 함께 어디론가 향하고 있다. 아내는 냉장고에 물이 샌 지 2주째인데 아직도 그대로라고, 고쳐주면 안 되냐고 말하지만 데이비스는 할 일이 많다. 영화 〈데몰리션Demolition〉(2015)은 차를 타고 어디론가 급히 가고 있는 부부의 대화 장면에서 시작한다. 그때! 갑작스럽게 벌어진 사고로 아내가 죽는다. 그러나 데이비스는 아무런 감정도 느끼지 못한다. 주변 사람들은 울고 있는데, 데이비스는 눈물은커녕 슬퍼하지도 않는다. 그에게 무슨 문제가 있는 걸까?

　"뭔가를 고치려면 전부 분해한 다음 중요한 게 뭔지 알아내야 돼."

　장인의 조언에 데이비스는 미친 듯이 주변을 분해하기 시작한다. 아내 줄리아가 말한 냉장고를 분해하고, 회사 화장실 문을 분해하고, 급기야 모든 것을 파괴하기 시작한다. 마음에 근육이 없는 데이비스는 그 사실을 깨닫고 늦게나마 근육을 만들기 위해 이런저런 시도를 한다. 못을 밟아 고통을 느끼기도 하고, 다른 이에게 편지를 쓰면서 조금씩 자신의 마음을 분해하기 시작한다.

거리를 지나가다 그동안 발견하지 못한 것들을 보게 된 데이비스. 문득, 죽은 아내가 평소에 자신에게 해온 사랑의 표현들을 떠올린다. 전에 못 보던 것들이 눈에 띄기 시작한 순간, 그는 울음을 참으며 이렇게 말한다.

"저와 줄리아는 서로 사랑했어요."

그는 그제야 자신의 감정을 알게 되고 극복하는 길을 찾게 된다.

그렇다고 마음 근육을 키우기 위해 데이비스처럼 무언가를 분해하고 파괴할 필요는 없다. 근육을 키우는 제일 좋은 방법은 주변에 관심을 가지는 거다. 무심히 지나간 풍경, 사람, 동물, 뉴스들을 보는 거다. 때론 당신의 '줄리아'가 하는 말을 잘 듣는 것도 좋다. 그게 어려우면, 영화를 보는 것도 좋은 방법이다.

위기를 미리 감지하고 싶다면 공포 영화를 분해하고, 사

• • •

랑을 애타게 찾고 있다면 멜로 영화를 분해하고, 미래를 대비하고 싶다면 SF 영화를 분해하고……. 영화에 놓인 인물을 분해하고 이해하는 과정을 통해 당신의 마음에는 근육이 생길 것이다.

'어떤 상황이 닥쳐도 받아들이고 부딪힐 수 있는 근육.'

○
공포를
팝니다

　창문 밖으로 많은 사람이 줄 서 있는 장면을 목격했다.
마스크를 사기 위해서 한명 한명 질서정연하게 늘어선 줄
이 한눈에 들어오지 않을 정도로 길었다. 창문 크기에 맞
춰 잘린 덕에 어디가 시작이고 끝인지 알 수가 없었다.

　카페 곳곳에 앉은 사람들도 그 풍경이 신기했는지 나처
럼 일어나서 보거나 사진을 찍는 사람도 있었다. 창밖으로
시선을 두고 '코로나19'와 '마스크'를 주제로 대화하는 커
플도 있었다. 어떤 사람은 급하게 카페에서 나가 줄을 서
기도 했다. 나도 따라나서려다가 다시 자리에 앉아 영화관
에 걸린 스크린 보듯 창밖을 바라봤다. 그렇게 가끔 세상
은 영화가 되기도 한다.

　영화 〈미스트 The Mist〉(2007)는 스티븐 킹 단편소설집
《스켈레톤 크루(상)》(황금가지, 2006)에 포함되어 있는 〈안

◆ ◆ ◆

개〉를 원작으로 하고 있다. 소설과 영화는 크게 두 가지가 다르다.

하나는 괴수의 비중이다. 소설은 안개 속 괴수보다 안개 밖 인물에 중점을 두고, 영화는 매우 빈번하고 명확하게 괴수의 존재를 보여주고 있다. 어두운 극장에서 이 괴수를 보면 저절로 소리를 지르게 된다. 무섭게 생겼다기보단 드럽게(?) 생겼기 때문에. 쉽게 말해 벌레의 생김새에 가까운 괴수다.

또 다른 차이점은 결말이다. 소설은 열린 결말로 주인공이 어디론가 떠나면서 끝나고, 영화는 닫힌 결말로 주인공이 차를 세우고 밖으로 나와 땅에 무릎 꿇고 통곡하는 장면으로 끝난다. 이렇게만 보면 많이 다르게 느껴지지만 '공포'에 대한 질문은 같다. '사람들은 안개 속 괴수가 무서운 걸까, 아니면 안개로 인해 고립된 상황이 더 무서운 걸까?'

줄을 선 사람들을 뒤로하고 자리에 앉아 작업을 하려는데 갑자기 기침이 나왔다. 감기는 아니고 간지러움 때문에 나도 모르게 하는 재채기. 고개를 숙이고 입을 가렸기 때문에 잘 대처했다고 생각했지만, 갑자기 앞에 앉은 분이 마스크를 꺼냈다. 찡그린 표정으로 재빨리 마스크를 쓰더니 자리를 뜰 때까지 벗지 않았다. 기분이 마냥 좋진 않았지만 이해되는 행동이었다. '코로나19'라는 안개가 자욱한 상황에 놓이면 어느 누구라도 불안한 마음을 쉽게 다스리지 못할 테니까.

어쩌면 〈안개〉와 〈미스트〉가 노린 공포의 근원도 거기에 있지 않을까? 불안을 증폭시켜 사람 간의 신뢰가 무너진 사회. 그런 사회를 '마트'라는 한정된 공간으로 응축해 보여주는 것이 작가의 목적이 아니었을까? 만약 그렇다면 이보다 더 큰 공포가 있을까?

창문 밖으로는 여전히 많은 사람들이 마스크를 구입하기 위해 줄 서 있었고, 창문 안에서는 아무도 소리 내 말하진 않지만, 누구 하나라도 기침을 하면 째려보거나 자리를 옮겼다. 나도 마음이 불편해서 쉽게 움직이지도 고개를 들지도 못했다. 노트북에 머리를 붙이고 혹시라도 침이 튀지 않도록 조심했다. 어느 순간 카페 안이 바깥보다 더 무서

◆◆◆

운 공간이 된 것이다.

　영화에서는 공포가 자리 잡은 곳에 반드시 '공포를 파는 장사꾼'이 등장한다. 〈안개〉와 〈미스트〉에서 공통적으로 등장하는 인물이 있다. 바로 카모디 부인이다. 괴팍한 광신도로 정체불명의 안개가 등장하기 전까지만 해도 기피 대상이었지만, 공포가 자리 잡은 마트 안에선 구세주가 되어 군중을 장악한다. 보이지 않는 안개 속에서 사망자가 늘어날 때마다 그저 외치기만 한다. "이젠 알겠어요? 이젠 믿겠어요?"

　그렇게 카모디 부인은 마치 잘나가는 샐러리맨처럼, 공포를 팔기 시작한다. 서로를 경계하고 의심할수록 공포는 더 잘 팔리는 법이다. 마치 이 영화의 대사처럼.

　'의심은 의심을 낳죠(Doubters will doubt till the end).'

　이젠 마스크가 품절된 건지 더 이상 줄이 보이지 않았다. 카페에서 작업을 마치고 나오는 길에 뉴스를 보니 마스크 매점매석을 통해 폭리를 취한 사람들이 검거됐다는 뉴스가 흘러나왔다. 모두에게 힘든 시기다. 영화판도 참 힘들다. 신작 영화들이 개봉을 연기하고, 극장에는 사람이 없다고 한다. 우리 사이에 공포가 만연해 있고, 그 틈으로 카모디 부인 같은 장사꾼들이 공포를 팔고 있다. 하지만 조금만 버티면 안개는 반드시 걷힌다.

♦ ♦ ♦

○
할아버지가 남긴
인생의 한 장면

유일하게 두려운 순간은 '죽음'이다. 네 나이가 몇인데 벌써부터 무슨 죽음 타령이냐고 할 수도 있겠지만, 우리 주변의 죽음은 일상적인 일이다. 단지 내가 아는 사람이냐, 모르는 사람이냐의 차이일 뿐. 언제부터 죽음을 무서워했는지는 기억나지 않지만 나는 '죽음을 극복하는 방법'이 영화에 있다고 믿었다.

영화가 끝나면 검은색 배경에 수많은 이름들이 아래에서 위로 흘러간다. 이를 '엔딩 크레딧'이라 부르는데, 영화에 참여한 무수히 많은 이름이 적혀 있다. 어렸을 땐 누군지도 모를 그 이름 하나하나가 부러웠다. 이 세상에 존재하는 모든 것은 죽지만, 영화 속 인물들은 죽지 않는 것처럼 보였으니까.

'짐 정리해서 내려오라'는 문자를 받은 지도 벌써 넉 달이 지났다. 할아버지가 조만간 돌아가실 것 같다는 엄마의 얘기를 몇 번 듣고 난 다음부터 전화를 받을 때마다 가슴이 덜컥덜컥 내려앉아서, 진짜 돌아가시면 전화 말고 문자를 주라고 사전에 약속했었다. 그리고 그날이 왔다. 아침 일찍 짐을 챙기고 목포로 향하는 KTX를 예매했다.

할아버지는 돌아가시기 두 달 전, 갑자기 발견된 병이 몸 전체로 퍼졌다고 한다. 폐렴이 다른 병보다 그렇게 빨리 사람을 힘들게 하는지 그제야 알았다. 둘째 딸인 어머니를 포함한 여섯 딸이 누가 먼저랄 것 없이 할아버지 병시중을 들었는데, 광주 병원에 잠시 방문했을 땐 '이모들이 아픈 게 아닐까'라는 생각이 들 정도로 할아버지만큼 이모들도 말라갔다. 아픈 부모를 지켜보는 무거운 마음에, 병실 구석에서 쪽잠을 자는 탓에 쌓인 피로가 더해져 그렇게 된 것 같았다. 그 정성 덕분이었을까. 의사 선생님이 더는 방법이 없을 것 같다, 마음의 준비를 하는 게 좋겠다는 이야기를 한 이후에도 할아버지는 2주를 더 사셨다.

손주들이 으레 그렇듯, 나는 할아버지와 친한 사이는 아

• • •

니었다. 할아버지 댁에 방문하면 할아버지는 "왔냐"고 말하고는 손가락으로 냉장고를 가리키는 게 전부였다. 할아버지는 아홉 명이나 되는 손주들이 방문할 시기에 맞춰 냉동실 가득 아이스크림을 준비했다. 죠스바, 스크류바, 메로나, 돼지바 등등 각양각색의 아이스크림으로 가득했다. 나는 그것을 '무한 리필 아이스크림 가게'라 불렀다.

할아버지의 텃밭엔 명절마다 모이는 여섯 가족이 먹을 채소가 자라고 있었고, 그 채소와 함께 먹었던 삼겹살은 아직도 기억난다. 그렇게 가족들이 웃고 떠들며 음식을 먹을 때, 할아버지는 그 모습을 뿌듯하게 바라보다가 방으로 들어가 역사 드라마를 보며 잠이 들었다. 그렇게 할아버지 댁 앞마당에서 숯불에 잘 구워진 삼겹살을 먹으며, 밤하늘의 별을 쳐다본 기억은 추억이 됐다.

요즘 장례는 절차가 많이 축소됐다지만, 이모들은 할아버지와 하루라도 더 있고 싶다며 사일장으로 장례를 치르기로 했다. 장례식 절차 중 가장 곤혹스러운 시간은 입관이다. 관계자는 앙상하게 뼈만 남은 할아버지 몸을 씻긴

후 옷을 입힌다. 고인이 된 할아버지가 조금씩 삼베천에 싸일 때마다 가족들의 울음이 커지고, 참아온 눈물이 왈칵 쏟아진다. 할아버지가 정말 돌아가셨다는 것을 받아들이는 순간이었다.

입관 후 이틀이 지난 뒤에야 발인이 시작됐다. 위패와 영정을 든 사람, 여섯 딸과 사위들이 뒤따르기 시작했고, 할아버지 댁에 도착해선 큰이모만이 파란 대문 안으로 들어가 대성통곡할 뿐 다른 이모들은 집 안으로 들어가지도 못한 채 문밖에서 울고 있었다. 짐작건대, 입관과 발인은 고인과의 이별을 준비하게 하는 동시에 남은 이들에게 살아 있음을 다시금 깨우치게 하는 과정인 것 같았다.

그러다 문득 그런 생각이 들었다. 남은 가족들이 할아버지와 이별을 하는 동안, 할아버지는 세상과 어떻게 이별을 하고 있을까? 그걸 알 수 있다면 '죽음' 앞에서 모두가 위로받을 수 있을 텐데.

그날 늦은 오후, 서울로 돌아오는 KTX를 탔다. 사흘 동안 잠을 제대로 자지 못해 탑승하자마자 기절해버렸다. 정

◆ ◆ ◆

신을 차려보니, 아직 용산역 도착까지는 두어 시간이 남아 있었다. '항상 그곳에 계시다'고 생각한 할아버지가 돌아가셨다고 생각하니, 실감이 안 나서 한동안 창밖만 쳐다봤다. 문득 영화 한 편이 보고 싶었다. 노트북을 켜서 '왓챠'에 접속했는데, 첫 화면에 고레에다 히로카즈 감독의 〈원더풀 라이프ワンダフルライフ〉(1998) 스틸 컷이 떠 있었다.

이상한 얘기지만, 나는 '영화 인연설'을 믿는 사람이다. 내가 만든 이론으로, 보고 싶어도 인연이 아닌 영화는 평생 보기 힘들지만, 인연이 있는 영화는 반드시 숙명처럼 만나게 된다는 설. 피곤하지만 이 영화를 꼭 봐야겠다는 생각이 들었다.

〈원더풀 라이프〉는 평범한 기차역에 남녀노소가 들어오는 장면으로 시작된다. 기차역은 사람도 적고 먼지도 좀 쌓여 있어서, 도시보단 시골에서 볼 법한 정감 가는 곳이다. 매표소에서 신분을 확인한 사람들은 역무원을 따라가 면담을 시작하는데, 여기서 이 영화의 첫 대사가 나온다. "당신은 어제 돌아가셨습니다. 조의를 표합니다." 이 대사한 줄로, 기차역을 이승에서 저승으로 옮겨버린 감독의 연출력에 일단 박수.

여긴 망자들이 7일간 머물게 되는 기차역이다. 역무원은 면담 대상자인 할아버지에게 '85년 동안 살아오면서 인생에서 가장 소중했던 추억을 딱 하나만 선택하라'고 한다. 이게 뭔 소리인가 하면 사흘 안에 선택한 추억을 역무원들이 영화로 재현하고, 그걸 토요일에 관람한 후 당사자의 추억이 선명하게 되살아난 순간 그 추억을 가슴에 안고 세상을 떠나게 된다는 것.

이 말을 들은 망자들 반응은 제각각이다. 하나만 골라야 하냐며 되묻는 사람도 있고, 어떤 할아버지는 자기 인생이 생각했던 대로 되지는 않았지만 그래도 열심히 살았다며 인생 이야기를 늘어놓고, 어떤 아저씨는 자기 삶을 되돌아보고 싶진 않다며 선택 자체를 거절한다. 약간 시건방지게 앉은 젊은이는 죽으면 다들 여기로 오냐며, 그럼 지옥 같은 건 없는 거냐고 안심하듯 물어보기도 한다. 그리고 역사의 한편에서 하염없이 창문 밖을 쳐다보는 할머니는 남겨진 손주들을 생각하는 걸까? 불현듯 할아버지가 이 기

• • •

차역에 도착했을 거라는 생각이 들었다. 할아버지는 역무원의 말을 듣고 무슨 말을 했을까.

단언컨대 '할머니' 안부를 먼저 물어봤을 것 같다. 할머니는 오랫동안 투석하다 수년 전에 돌아가셨는데, 할아버지의 지극정성에 의사 선생님이 선고한 날보다 몇 년을 더 사셨다. 할아버지 댁 파란 대문 옆엔 의자 하나가 놓여 있었는데, 그곳에 앉아서 고개를 들면 산속 깊은 곳에 있는 무덤이 보인다. 거기가 할머니 산소다. 이모들한테 들으니 할아버지는 아침마다 산소에 들르셨다고 했다.

망자들은 역무원과의 대화를 통해 잊고 지낸 소중한 일상을 하나둘 떠올린다. 그다음 단 하나의 기억을 선택한다. 역무원들은 당사자가 선택한 기억을 그대로 재현해 영화로 찍는다. 언뜻 생각하기에 저세상으로 가져갈 단 하나의 기억이라면 화려한 성공이 아닐까 싶지만, 망자들은 예상치 못한 기억을 선택한다.

오빠가 그리운 할머니는 예쁜 원피스에 빨간 구두를 신고 오빠를 위해 춤춘 기억을, 검은 양복이 잘 어울리는 아저씨는 작은 4인승 비행기를 탔을 때 딱 한 번 보았던 구름 속 풍경을, 어린 나이에 망자가 된 소녀는 하얀 빨래가 익어가는 날씨에 엄마 무릎에 뺨을 대고 누워 있던 순간을 선택한다.

반면, 아무것도 선택하지 않은 사람들도 있다. 알고 보니 기차역에서 일하는 역무원들은 망자로 왔다가 마지막 날까지 기억을 선택하지 못해서 그곳에 머무르게 된 사람들이었다. 그것이 부끄럽다고 말하는 역무원들. 생각해보면 진짜 지옥이라는 건, 단 하나의 기억도 선택하지 못한 사람들이 고뇌하며 보내는 시간일지도 모르겠다.

결국 며칠을 고민하던 한 할아버지는 기억 대신 '어둠'을 선택한다. 아무도 존재하지 않고, 어떤 풍경도 볼 수 없으며, 냄새조차 맡을 수 없는 어둠. 그것보다 더 슬픈 지옥이 있을까?

생각이 거기에 이르자 할아버지는 어떤 기억을 선택했을지 궁금해졌다. 추측건대 손주들은 냉동실에서 아이스크림을 꺼내 먹고, 이모들은 할아버지가 사둔 삼겹살과 채소로 저녁을 준비하고, 사위들은 마당을 쓸고 있는 풍경이

◆ ◆ ◆

아니었을까? 내 추측이 맞다면 할아버지의 영화 엔딩 크레딧엔 내 이름도 적혀 있을 것이다.

〈원더풀 라이프〉 마지막 날, 망자들은 시사실에 앉아 영화가 된, 단 하나의 기억과 마주한다. 삶이 영화가 되고 영화가 삶으로 남겨진 순간, 망자는 사라진다. 너무 걱정할 필요는 없다. 망자는 행복한 기억만 가지고 저승으로 떠나기에, 그들이 도착할 그곳은 반드시 천국일 것이다. 망자들에게 슬프고 힘든 기억은 존재하지 않으니까.

영화라는 건, 눈으로 보고 있지만 본 적 없는 세상을 그릴 때가 많다. 특히나 '죽음 이후'는 망자에게도 살아 있는 사람들에게도 생소한 경험이다. 망자는 떠나기 싫고, 남은 이들은 보내주기 싫다. 하지만 〈원더풀 라이프〉가 보여준 7일을 믿는다면, 이별의 과정이 조금은 위로가 되지 않을까.

할아버지는 아마 그곳에서 행복하실 거다. 언젠가 할아버지가 남긴 영화를 보고 싶다. 어떤 기억을 재현하셨을지 궁금하다. 정말 엔딩 크레딧에 내 이름이 적혀 있는지도 확인하고 싶고.

영화를 다 보고 나니, 용산역에 거의 다 도착했다. 위로는 됐지만, 솔직히 아직도 실감이 나지 않는다. 냉동실을 손으로 가르키시던 할아버지 모습이 영화의 장면처럼 머릿속을 스쳐 간다. 냉동실 가득 차 있던 아이스크림이 그리울 것 같다.

◆ ◆ ◆

○
유언장에
당신 이름은 없어

그런 영화가 있다. 한 해가 끝나는 날, 반드시 이 영화를 다시 봐야지 하고 속으로 다짐하는 영화. 죽어가면서도 다시 무언가를 꿈꾸게 하는 영화.

〈라스트 미션 The Mule〉(2018)을 12월 31일에 본다면, 1월 1일부턴 뭔가 달라질 것 같았다. 해가 바뀌면 사람은 누구나 새롭게 시작하고 싶으니까. 그 중간 지점에 〈라스트 미션〉을 두고 싶었다.

이 영화는 백합 농장을 운영하다가 인터넷 꽃가게들에 밀려 백수가 된 얼 스톤 할아버지가 마약 배달원으로 취직하는 이야기다. 마약 배달원 할아버지라고 하니까 어색하고 심지어 웃기지만, 실은 엄청 슬픈 얘기다.

한때만 해도 얼은, 백합 한 송이로 상도 받고 만인의 찬사를 받는 사람이었다. 하지만 사람들이 인터넷으로 꽃을 주문하기 시작하면서 오프라인 위주로 운영된 얼 할아버지 농장은 하루아침에 망한다. 나이도 많은데 쓸모까지 없는 노인을 받아주는 곳은 어디에도 없다. 심지어 가족도. 우선순위에서 항상 백합에 밀렸던 가족은 뒤늦게 돌아온 얼 할아버지를 반기지 않는다. 사실상 얼은 죽은 사람이다.

'돈이 생기면, 살아날 수 있을까?'

그런 그에게 정체불명의 남자가 다가와 은밀한 제안을 한다. "운전만 하면 돈을 드려요." 제안을 수락한 얼은 마약 배달로 많은 돈을 번다. 그 돈으로 재향군인회 건물도 수리하고 손녀 학비도 대신 내준다. 하지만 얼은 지나간 시간도 가족도 되찾지 못한다. 여전히 얼은 죽은 상태로 운전만 할 뿐이다. 왜 그럴까? 우리가 놓친 건 무엇일까.

다시 영화의 첫 장면으로 돌아가보자. 〈라스트 미션〉은 백합이 아름답게 꽃 피우는 장면으로 시작한다. 얼 할아버지가 많은 시간과 돈을 들여 키운 백합은 야속하게도 단 하루 꽃을 피우고 져버린다.

생각해보면 우린 누구나 자신만의 '백합'을 키우고 있다. 그걸 꿈이라 불러도 좋고 돈이라 생각해도 좋다. 얼 할

◆ ◆ ◆

아버지의 말처럼, 우린 그런 백합을 사랑한다. 그 꿈을 향해 매진하다 보면 사람은 누구나 나이 든 '얼'이 된다. 그러니까 얼은 미래의 우리다.

다음 장면에서 메리(얼의 아내)가 우리에게 묻는다. "어떻게 그 많은 돈과 시간을 꽃에 쓰는지 이해가 안 갔어." 우리는 이렇게 답할 것이다. "사랑하니까. 특별해. 단 하루 꽃을 피우고 져버리잖아." 이 말을 들은 메리가 쓰디쓴 표정으로 말한다. "당신 가족도 그래." 그 순간 얼은 죽은 사람처럼 멈춰버린다. 얼은 그제야 자신이 잊고 지낸 또 다른 '백합'이 시들었다는 사실을 깨닫지만, 그건 돈으로 해결할 수 없는 문제였다. 마약 배달로 떡억을 가져온다고 한들 이미 시들어버린 꽃을 되살릴 순 없으니까. 나는 이때 본 얼의 표정을 잊을 수가 없다. 우리가 놓친 것이 바로 이 표정에 담겨 있다.

메리가 아프다는 전화를 받고 집에 돌아온 얼. 침대 위 메리는 죽어가는 백합처럼 시들어가고 있고, 얼은 애타게 메리를 부른다. 하지만 메리는 차가운 한마디를 던질 뿐이다. "유언장에 당신 이름은 없어." 죽어가는 메리 앞에 얼

은 이미 죽은 사람인 것이다.

　올해도 어머니에게서 전화가 오면, 내 답변은 한결같다.
"바쁘니까 조금 있다 전화드릴게요!" 나도 꿈을 키우느라
바쁜 상태다. 꿈은 지금 당장 관리하지 않으면 시들어버리
지만, 가족은 영원하다는 생각에 신경을 덜 쓰게 된다. 근
데 요즘 들어 내가 뭔가 잊었다는 생각을 자주 하게 된다.
혹시 나도 얼처럼 죽은 상태가 아닐까? 이 글을 읽는 당신
에게도 묻고 싶다.

　얼은 살기 위해 부단히 애쓰지만, 영화 내내 그가 살아
있다고 느끼는 유일한 순간은 마약 배달하며 노래를 흥얼
거릴 때뿐이다. 사회에서 버림받았다가 나름 쓸모가 생겼
으니, 그럴 만도 하다. 하지만 차에서 내린 순간부터, 다시
죽은 상태로 돌아간다.

　결국 마약반 형사들에게 잡힌 얼은 고개를 푹 숙인 채,
죽어가는 백합처럼 조금씩 빛을 잃어간다. 어둡고 짙은 얼
굴을 한 그가 우리에게 할 수 있는 말은 이것뿐이다.

　"중요한 건 그거예요. 기억해요."

그게 뭔지, 이제 조금은 알 것 같다.

  12월 31일 밤이 지나면 한 해가 죽는다. 꽃으로 치면 꽃
이 시들어가는 순간이기도 하다. 운이 좋게도 이 마지막 날
에 마포에 위치한 영상자료원에서 〈라스트 미션〉을 다시
볼 수 있었다. 누군가 내게 기회를 주는 것 같았다. 찬 바
람이 주머니 안의 손을 무겁게 하지만, 기어코 스마트폰을
꺼내 어머니에게 전화를 걸었다.
  "엄마, 밥 먹었어?"
  어머니의 유언장에 내 이름이 꼭 있으면 좋겠다. 이제
몇 시간 뒤면 1월 1일이다.

  ◆ ◆ ◆

네버 엔딩 영화 생활   Part 6.

○
29초 영화 시대가
오고 있다

'29초 영화제'의 심사위원을 제안받은 적이 있다. 말 그대로 29초 안에 정해진 주제를 담은 단편영화를 상영하고 수상하는 행사다. 주로 기업들이 브랜드 홍보의 일환으로 기획하기 때문에 특정 제품을 등장시켜야 하는 제약이 있지만, 짧은 시간 안에 의도를 전달해야 하는 점에서 획기적인 영화제다. 무엇보다 29초라는 짧은 시간과 스마트폰 카메라로 촬영한 영상도 출품 가능하다는 낮은 장벽 때문에 영화 전공자가 아니라도 누구나 도전할 수 있다.

2019년에 있었던 '29초 신라면 영화제'에 참여한 작품 수는 900편에 이른다. 29초짜리 영화라고 해서 29초 영화 수준이 떨어지는 것은 아니다.

2019년 일반부 대상작 〈신라면은 중독이다〉는 정반대 방향에서 걸어오던 남녀가 어깨를 부딪히며 시작한다. 봉지가 바닥에 떨어지고, 식품들이 쏟아진다. 대파, 귤, 양파

링 과자 그리고 신라면. 여자는 힘겹게 봉지에 식품을 넣고, 뒤따라서 남자가 미안한 표정으로 식품들을 주워 담는다. 그러다 신라면을 집는 순간 여자의 손과 맞닿는다. 주고받는 시선에서 달콤한 사랑의 향기가 느껴진다. 여자는 부끄러웠는지 고개를 잠깐 숙인다. 그 순간! 남자는 '신라면'만 들고 도망간다. 뒤늦게 여자가 추격하며 29초 영화는 끝이 난다. 그 짧은 순간에 사랑의 대상을 여성에서 라면으로 급전환하면서, '신라면 중독'이 얼마나 무서운지 보여준 코믹 멜로 스릴러 영화다. 신라면만 들고 도망가는 남자를 어리벙벙하게 바라보는 여성의 표정이 지금도 잊히지 않는다. 라면이 얼마나 맛나길래 저런 행동까지 하는 걸까?

박카스, 동양생명, 야놀자 그리고 헌법재판소 30초 영화제까지. 최근 확대되고 있는 초단편 영화제에서는 관객을 설득할 아이디어만 있다면 누구나 영화를 출품하고 감독이 될 수 있다. 이처럼 '29초 영화제'는 기업·기관이 판을 만들어 소비자에 의해, 소비자를 위한 영화를 생산한 예

◆ ◆ ◆

다. 영화를 출품한 감독이나 그 영화를 보는 관객들은 해당 기업의 소비자이기도 하니까.

이보다 더 적극적으로 '영화'를 활용한 예도 있다. 2019년 7월 초에 '삼성전자'로부터 연락이 왔다. 7월 25일에 유튜브를 통해 단편영화 한 편이 공개될 예정인데, 관객들이 보다 쉽게 이해할 수 있도록 도움을 주는 영상을 만들어줬으면 한다는 제안이었다. 요즘 워낙 다양한 영화들이 나오는 추세라 좋은 경험이 될 것 같아 흔쾌히 수락했다. 〈최악의 하루〉(2016)로 잘 알려진 김종관 작품이라 더 반가웠다. 인물들의 감정을 차분한 어조로 영상화하는 데 특출난 감독으로, 한국영상자료원 트레일러로 더 익숙한 감독이기도 하다.

바닷가엔 각기 다른 크기의 거울이 놓여 있고, 남녀가 만나는 순간을 거울에 반사된 이미지를 통해 관객들에게 보여준다. 마치 네모난 스크린을 바라보는 듯한 관객을 묘사한 이 트레일러는, 한국영상자료원 극장에서 영화가 시작되기 전에 볼 수 있는 영상이다. 여기서 의문이 생겼다. 이렇게 감성적인 영상을 연출하는 감독이 반도체와 스마트폰을 만드는 전문가 느낌의 회사 '삼성전자'와 영화를 만들었다고? 과연 어떤 영화를 만들었을까?

36분짜리 단편영화 〈메모리즈〉(2019)는 꿈을 잘 기억하는 특별한 능력을 가진 일러스트레이터 현오가 자신의 꿈 속에서 연극배우 주은의 상처를 치유하는 과정을 다룬 판타지 영화다. 김종관 감독의 전작들이 그러하듯 추상적인 인물의 감정들을 매우 차분한 어조로 전달하는 게 인상적인 작품으로, 장면마다 의미심장한 상징이 듬뿍 담겨 있다. 언뜻 보기엔 남녀가 꿈이라는 공간에서 교감을 나누는 이야기처럼 보이지만, 그 안에는 또 다른 비밀이 숨겨져 있다. 거기서 나는 등골이 오싹해지는 두려움을 느꼈다.

앞서 말한 것처럼, 현오는 꿈을 기억하는 특별한 능력을 가졌다. 그런 현오에게 정체불명의 연구원 K와 M은 주은의 꿈을 추출하고, 현오의 능력을 통해 무의식에 잠재된 주은의 상처를 이해하고 치유한다. 만약 연구원 K와 M이 꿈을 저장하는 반도체를 만드는 사람들이라면, 현오는 그 기술을 잘 활용하는 삼성전자 직원, 주은은 그 기술의 혜택을 받은 사용자라고 해석해도 좋지 않을까? 영화의 끝

•••

에서 연구원들은 현오에게 '리더스의 멤버가 될 생각 있으십니까?'라고 묻는데, 내 귀에는 '삼성전자가 만들 새로운 기술에 참여할 준비가 되셨나요?'처럼 들렸다. 사실상 TV CF에서 영화 CF로 확장된 것이다.

이런 사례는 국내 말고도 해외에서도 빈번하게 진행되고 있다. 〈그랜드 부다페스트 호텔〉의 감독 웨스 앤더슨은 2016년 크리스마스 시즌을 맞아 의류 브랜드 H&M의 영화 같은 새 광고를 연출했다. 가로, 세로 방향을 따라 직선으로 이동하는 웨스 앤더슨 연출 스타일을 반영한 약 4분짜리 단편영화는 열차 칸을 걸어가는 인물들을 통해 자연스럽게 해당 기업의 옷을 노출한다.

크리스마스를 함께 기념하기 위해 모인 패션 피플들은 산타 모자를 쓴 채 행복한 미소를 짓는다. 그 앞으로 'Come Together(함께 모이자)'라는 자막이 올라온다. H&M 옷을 입고 모이자는 말을 이렇게 영화처럼 멋스럽게 표현한 것이다. 영상미가 돋보이는 이 광고는, 어느 단편영화보다 더 많이 공유가 됐다. 나도 당시에 이 광고를 보자마자 '이

건 광고가 아니라 영화다!'란 제목으로 페이스북에 공유 했더랬다. 기업이 자신의 브랜드를 영화에 녹이는 작업은 이제 시작이다.

 2019년 10월 부산국제영화제에선 〈내 꿈은 컬러꿈 #1-4〉 (2019)이란 옴니버스영화가 특별 상영됐다. 이 작품은 그린, 레드, 퍼플, 블랙 네 가지 색을 테마로 각각의 색에 어울리는 이야기를 가지고 '자신이 갈망하는 꿈'이라는 주제를 풀어낸다. 그런데 알고 보면 그 컬러는 각기 다른 혜택을 가진 네 가지 현대카드를 의미한다. 상영 이후에는 각 카드가 보여준 영화 이야기에 걸맞은 이벤트를 오프라인에서도 진행했다.
 이를테면 퍼플색에선 손님이 만족할 만한 음식을 꿈꾸는 요리사의 이야기를 다루고 있는데, 실제로 10월 한 달간 퍼플색 현대카드를 갖고 서울 중구에 위치한 한 호텔의 레스토랑을 방문하면 특별한 퍼플색 음식을 맛볼 수 있었다. 말 그대로 영화가 현실이 되는 상황이 벌어진 것. 이 영화 포스터에는 그걸 반영해 이런 문구가 쓰여 있다. '누

• • •

군가에게는 현실이 되는 이야기.'

관객은 영화를 소비하는 사람이다. 그런 면에서 기업은 관객을 자신들의 소비자로 만들기 위해 더 다양한 영화들을 제작할 것이다. 이는 감독에게도 새로운 기회겠지만, 소비자인 관객이 영화의 주체가 되는 장이 될 수도 있다.

올해는 BBQ가 제1회 29초 영화제를 연다고 한다. 치느님을 신으로 모시는 누구라도 참여가 가능하다. 그렇게 영화는 시대 흐름에 맞춰 점점 더 다양해지고 있다.

○
유튜브 다음은
어떤 세상이 올까

커피숍에서 편집을 하다 보면, 딴짓을 하고 싶을 때가
많다. 일의 능률이 떨어지는 순간이지만 반대로 다양한 인
사이트를 얻을 수 있는 시간이기도 하다. 어제 읽다 만 책
을 펼쳐서 5페이지 정도 읽어본다든가, 웹서핑을 하다가
언뜻 스쳐 지나간 기사들을 다시 읽어보기도 한다.

요즘 가장 많이 보는 건, 유튜브에 올려진 다양한 영상
들이다. 5년 전만 해도 유튜브에는 뷰티, 키즈, 실험이 주
류 콘텐츠였지만, 지금은 세상 모든 지식이 영상화되는 추
세라 별게 다 있다. 심지어 TV 방송도 선공개라는 이름으
로 올라온다. 아직 방영도 안 된 프로그램 일부를 유튜브
에서 미리 볼 수 있다니. 1년 전만 해도 상상하지 못한 일
이다. 1분마다 400시간이 넘는 새로운 영상들이 유튜브에
올라온다고 하니, 정말로 유튜브는 세상 모든 지식을 영상
으로 컨버팅하고 있는지도 모르겠다.

◆ ◆ ◆

예전엔 한스 짐머 음악이 듣고 싶으면 녹음된 OST 앨범을 다운받아서 듣는 것으로 만족했겠지만, 지금은 유튜브에서 한스 짐머의 공연을 풀 버전으로 볼 수 있다. 미국에 가지 않아도 피아노로 〈인터스텔라〉 테마곡을 치는 한스 짐머 할아버지를 본다는 건 매우 특별한 경험이다. 마치 책장 사이로 시공간을 넘어 마주했던 쿠퍼와 머피처럼, 유튜브는 사람 간의 물리적인 거리를 줄이고 시간을 늘려준다.

대학교 1학년 때부터 정말 좋아한 남자가 있었다. 저명한 영화감독일 것 같지만, 엉뚱하게도 투자계의 거물 '워렌 버핏' 할아버지다. 이분이 얼마나 무섭냐면, 여덟 살에 코카콜라 세트를 25센트에 사서 지나가는 행인에게 30센트에 팔아 20퍼센트 이득을 봤고, 열세 살엔 국세청에 세금을 신고하더니 서른한 살엔 백만장자가 됐다. 한마디로 '투자 신동'.

당시에 신문을 읽다가 처음으로 이분이 주창한 '가치투자'라는 네 글자를 발견하게 됐다. 쉽게 말해서 좋은 회사에 오래 투자하는 아주 쉬운 이론이다. 듣기엔 쉬운데, 한 번에 이해되는 내용은 아니었다. 좋은 회사를 고르는 방법이나 장기투자 하는 비법이 궁금했지만 신문에선 그런 얘기를 쉽게 풀어주지 않아서 인터넷 검색을 했다. '가치투자는 기업의 가치에 믿음을 둔 주식·현물 투자 전략을 말한다'라고 적혀 있는데(지금도 그렇게 적혀 있다), 도대체 이게 무슨 말일까. 이번엔 도서관에서 경제 서적들을 찾아 읽었다. 교수들이 쓴 책이라는데, 어째 읽으면 읽을수록 이해하기 더 어려워졌다.

그렇다고 워렌 버핏 할아버지에게 직접 설명을 들을 수도 없다. 결국 그냥 좋은 회사에 투자하라는 말로 이해하고 넘어갔다. 그런데 최근에서야 유튜브를 통해 진짜 '가치투자'를 이해하게 됐다. 인터뷰 영상에 나온 워렌 버핏은 가치투자를 이렇게 설명한다.

"주식이 아니라 농장을 샀다고 생각해봐. 그러면 뉴스에 나오는 경제 전망보다 작물이 얼마나 잘 수확되는가를 중요하게 생각하겠지."

워렌 버핏의 쉬운 설명에 확신에 찬 표정이 더해지니,

◆ ◆ ◆

그동안 아리송했던 가치투자 이론이 단번에 이해됐다.

이제 이런 경험은 생소한 게 아니다. 편집 프로그램을 배우고 싶거나, 자동차에 대해 알고 싶거나, 역사를 공부하고 싶거나, 경제를 이해하고 싶다면 유튜브에 검색만 하면 된다. 유튜브는 단지 즐거움을 얻기 위한 온라인 TV 플랫폼이 아니다. 각자에게 필요한 경험을 영상으로 체험할 수 있게 해주는 도구다.

나 역시 이런 대세의 흐름에 몸을 맡긴 터라 하루에 한 번은 '유튜브' 관련 문의가 들어온다. 특히 영화와 관련된 일을 하거나 공부를 하는 분이라면 가급적이면 직접 만나서 아는 바를 공유하려고 한다. 보다 유튜브를 잘 활용했으면 좋겠다는 생각으로 작은 도움이라도 드리고 싶어서 수락하지만, 만날 때마다 실망감이 커진다. 왜냐하면 대다수가 유튜브를 '돈을 버는 홍보용 플랫폼'으로만 접근하기 때문이다. 물론 틀린 말은 아니다. 2019년 말 기준, 온라인 광고의 50퍼센트 이상이 유튜브에 집중됐으니까.

영화판에서 바라보는 유튜브도 크게 다르지 않다. 홍보

플랫폼, 그 이상으로 접근하진 않는다. 하지만 이미 많은 사람들은 유튜브라는 도구를 각자의 생활에 이득이 되는 방식으로 잘 활용하고 있다. 거기에 유튜브 다음 세상에 대한 힌트가 있다.

나는 유튜브 플랫폼이 모든 콘텐츠의 성지가 되어야 한다고 생각하지 않는다. 앞에서도 표현했듯이, 유튜브는 그저 도구다. 못을 박으려면 망치가 필요하고, 종이를 자르려면 가위가 필요하다. 유튜브는 망치가 될 수도 가위가 될 수도 있다. 하지만 일정 시기가 지나 모서리가 닳으면 가차 없이 쓰레기통에 버려질 것이다. 중요한 것은 유튜브가 아니라, '글'보다 '영상'이라는 언어를 더 익숙하게 받아들이는 세대가 오고 있다는 점이다.

영어를 배우기 위해 태어날 때부터 'ㄱ'과 'A'를 같이 배웠던 아이들이 이제는 무언가를 찍고 편집하는 영상 언어를 당연하게 배울지도 모른다.

유튜브 CEO 수전 워치츠키는 "일반인도 전문 스튜디오 없이 자신만의 영상 콘텐츠를 만드는 세상이 오고, 그 중

◆ ◆ ◆

심에 유튜브가 있을 것"이라고 말했다. 그 중심에 유튜브가 있을지는 모르겠지만, 일반인도 영상 콘텐츠를 만드는 세상이 올 거라는 말에는 동의한다.

다음 세상에도 영상 언어는 더 중요해질 것이다. 그리고 유튜브는 반드시 사라질 것이다. 대신 그 자리엔 VR(가상현실)처럼 시각으로 정보를 전달하는 또 다른 강력한 도구가 생길 것이다. 그때가 되면 사람들은 유튜브를 보는 게 아니라, 유튜브 속으로 들어갈 수 있지 않을까? 그 도구를 뭐라고 부를지는 나도 아직 잘 모르겠다.

○

코로나19가 만든
끔찍하지만 설레는 극장 풍경

밝은 이야기가 가득한 이야기만 쓰고 싶다. 어차피 내 이야기는 곧 영화 이야기다. 아침에 일어나 넷플릭스에 접속하고, 점심엔 가까운 극장에 들러 그동안 못 본 영화들을 예매한다. 짬나는 시간엔 영화사로부터 받은 스크리너를 살펴보고, 저녁엔 유튜브에 올릴 영상 스크립트를 작성한다. 새벽엔 빔프로젝터를 켜고 방에 쌓아둔 블루레이를 꺼내 본다. 매일 반복되는 일상이지만, 영화가 가까이 있어서 행복했다.

요즘엔 그렇지 못하다. '코로나19 발병' 첫 뉴스가 나온 지 어느덧 몇 개월이 지났고 오늘 뉴스를 보니 'CGV용산 아이파크몰'점이 잠시 문을 닫는다고 한다. 메일함에는 '개봉 연기'를 고지한 메일이 쌓여 있다. 출판사에 종사하는 분들에게 듣자 하니 '코로나19'가 들어간 글이 책에 실리면 좋지 않다고 한다. 우울한 이야기라 그런 것 같다. 그런 상

• • •

황에 이 책에 마냥 밝은 영화 이야기만 쓰고 싶진 않다. 특히 내가 겪은 요즘 영화판 풍경을 써보고 싶다.

며칠 전, 좋은 영화라면 전 재산을 내놓고라도 수입해오는 수입사 대표님께 전화가 왔다. "시선 님, 요즘 참 힘든 것 같아요. 잘 아는 분들이 극장에서 퇴직했다고 하네요." 나이가 적지 않은 경력 많은 직원도 퇴직할 정도로 극장계는 상황이 심각하다.

다른 분야도 그렇겠지만, 특히나 영화판은 노동에 비해 월급이 짜다. 몇 년 전만 해도 '열정 페이'가 당연시되는 시장이었으니까. 그래서 경력 많은 영화 노동자를 찾기란 쉽지 않다. 예전에 친하게 지낸 수입사, 홍보사 직원들이 지금은 어디서 일하는지 모른다. 영화제 직원들은 매년 바뀐다. 내년에도 새롭게 계약된 직원들의 명함을 받을 것이다.

그런 상황에 갖은 고생을 다 참아낸 분들까지 그만둔다는 건, 극단적으로 말해 지구 멸망에 가까운 거다. 자연스럽게 내 일도 많이 줄었다.

3월에 내부 시사로 본 영화는 버스 광고판에 포스터가

걸렸지만 아직까지도 개봉하지 못했다. 내 폴더엔 감독님들과 신나게 인터뷰한 영상 파일들이 숨만 붙은 채 남겨져 있다. 이걸 다시 작업할 수 있을지 나도 모르겠다. 노트북을 켜면 눈에 띄니까 자꾸만 스트레스가 쌓인다. 하루에도 몇 번이고 파일을 지우고 싶은 마음이다. 내가 이런 상황인데, 개봉 직전 모든 것이 멈춰버린 영화인들의 마음은 오죽할까?

코로나19가 장기화되면서 정부는 지원금을 내놨지만, 그 많은 영화 종사자들을 다 살릴 순 없었다. 극장에서 일하는 친구는 "지원금에 의존하다 보니, 다음을 생각하지 않는 것 같다. 코로나19의 영향을 받는 날이 더욱 길어지면 관객이 사라진 극장을 나라가 어떻게 살리겠냐"며 한탄했다.

한편 영화제는 온라인으로의 전환을 시도하고 있다. 5월에 열린 '전주국제영화제'는 소수의 관계자만 참석한 상태로 일정을 소화했고, 몇 편의 영화를 국내 OTT 서비스 '웨이브'를 통해 상영했다. 이건 엄청난 변화다. 왜냐하면 영

◆ ◆ ◆

화제는 국내에서 보기 힘든 영화를 반드시 '극장'에서 체험하게 하는 문화다. 단순히 영화를 보는 게 아니다. 배낭을 메고 각지에서 온 영화 팬들이 그 지역의 음식을 먹고, 풍경을 보고, 함께 영화를 보며 박수를 치며 서로의 영화 사랑을 확인하는 자리다. 그걸 온라인으로 전환한다는 건, 그만큼 영화제의 상황이 몹시 절박하다는 반증이기도 하다.

7월 초에 '부천국제판타스틱영화제'를 앞두고 프로그래머분과 얘기를 나눴다. "시선 님, 저희도 고민이네요. 영화제를 즐길 다양한 방식을 고려하고 있어요. 코로나19가 조금씩 잡히고 있으니 최대한 관객분들이 극장에서 안전하게 영화를 보실 수 있도록 최선을 다해 준비하려고 합니다."

예정대로 열린 부천영화제는 좌석 수를 거의 1/10로 줄였고, 방역을 위해 영화가 끝나면 극장에서 곧바로 나가도록 안내했다. 좌석 수를 줄여서 손해를 보더라도 오프라인 상영을 강행한 것은 '영화제'를 지키고자 하는 관계자들의 몸부림이었다. 현장에서 그 모습을 지켜보고 있으니, 속상해서 오래 있기가 힘들었다.

영화제의 기쁨 중 하나는 평소에 보기 힘든 외국 감독이

나 배우에게서 직접 영화 얘기를 듣는 것인데, 이런 행사도 정상적으로 진행되지 못했다. 대신 부천국제판타스틱영화제는 사전에 외국 감독과 화상 통화를 하고 그것을 녹화한 영상을 틀어줬다. 〈엑소시스트 The Exorcist〉(1973)로 호러 영화 역사에 이름을 남긴 윌리엄 프리드킨 할아버지는 화상 통화를 통해 관객에게 말을 건넸다. "부천영화제 관객 여러분, 언젠가 한국에서 뵐 수 있길 바라요."

일부 영화는 온라인으로 볼 수 있었지만, 관객들의 아쉬움을 모두 채울 순 없었다. 이후로 많은 영화제가 온라인 영화제로 변경됐다. 극장이 아닌 집에서 영화제를 접한 관객들이 다시 기차를 타고 그 먼 곳까지 가서 영화를 볼지 역시 아무도 장담하지 못한다. 다만 영화 관계자들은 모두 최선을 다하고 있다. 관객들이 영화를 포기하지 않도록.

이렇게 영화판은 그야말로 쑥대밭이 됐다. 좀비가 창궐한 것처럼, 나조차 극장에 제대로 가지 못했다. 대부분의 시간을 소파에 누워 넷플릭스 앱을 돌아다니며 영화나 드라마를 즐겼다. 이런 상황을 준비하고 제작한 작품

◆ ◆ ◆

들은 아니겠지만, 넷플릭스는 바이러스 관련 다큐멘터리 〈판데믹 : 인플루엔자와의 전쟁Pandemic : How to Prevent an Outbreak〉(2020)을 시작으로 다수의 드라마를 공개했다.

극장 개봉이 힘들어진 〈사냥의 시간〉(2020)은 넷플릭스로부터 제작비를 보존받고, 스크린 대신 스마트폰으로 관객을 만나게 됐다. 상영 방법이 달라진다고 해서 영화가 아닌 것은 아니다. 하지만 모든 영화가 〈사냥의 시간〉이 될 수는 없다.

7월 말엔 영화감독들이 만든 영화제 '24회 인디포럼'이 서울극장에서 열렸다. 여기서 나는 1999년에 공개한 '일랜시아' 게임을 아직까지도 즐기고 있는 사람들에 대한 영화 〈내언니전지현과 나〉(2019)의 모더레이터를 맡게 됐는데, 코로나19 영향으로 좌석을 반으로 줄여서 상영됐다. 절반의 좌석을 꽉 채운 관객들은 영화 상영 내내 마스크를 쓰고 있느라 힘들었을 텐데, 영화 상영 후 진행되는 '감독과의 대화'에도 기꺼이 참석했다. 원래 관객들이 직접 마이크를 들고서 질문하는 시간인데, 코로나19로 같은 마이크

를 사용하기 힘들었다. 그래서 생긴 방식이 '카카오톡 오
픈채팅방'을 활용하는 것이었다.

　'관객과의 대화'가 진행되는 잠깐 동안 관객들은 이 채
팅방에 들어와 질문을 남기고, 진행자는 이걸 대신 읽어서
감독에게 답변을 듣는 형태다. 그런데 막상 진행하면서 알
게 된 흥미로운 점은 관객들이 질문만 남기지 않는다는 것
이었다. '즐겁게 잘 봤습니다! 저도 일랜시아는 아니지만
어렸을 적 추억의 게임이 생각났어요! 일랜시아 화이팅!!'
응원하는 유형부터 '저는 오열했습니다. 주륵주륵' 문자로
눈물을 흘리며 공감해주는 분도 있었고, '언니 화이팅, 일
랜시아 화이팅. 넥슨 반성해!!!'라며 격한 감정을 남겨준
관객도 있었다.

　원래 형식대로 진행됐다면, 이렇게 솔직한 감정들을 전
달받지 못했을 것이다. 예전에 직접 질문을 했을 때는, 감
독에게 하는 질문이지만 같은 공간에 있는 사람들에게도
전달되어 쑥스러워서 선뜻 질문하지 못한 분도 있었고, 자
기 감상을 전달하고 싶었다면서 말을 길게 해 다른 관객들
에게 의도치 않게 피해를 주는 경우도 있었다. 그리고 '관

• • •

객과의 대화' 시간은 보통 1시간인데, 마이크만 옮겨 다녀도 10분이 사라졌다.

그런데 환경 때문에 어쩔 수 없이 바뀐 '오픈채팅방' 형식이 오히려 관객들의 솔직한 감정들을 들을 수 있는 창구가 돼주었다. 동시에 다양한 질문을 미리 받을 수 있으니 진행하는 입장에선 대다수 관객이 들으면 좋을 만한 질문들만 쏙 뽑아서 감독에게 질문할 수도 있었다. 시간을 아끼면서도 더 많은 관객들이 참여할 수 있어서 좋았다. 오른손에는 마이크를 들고 왼손에는 스마트폰을 들고, 바로 앞에 앉은 관객들의 속마음을 보고 있자니 이보다 더 설렐 수는 없었다. 관객과의 대화 진행 경험이 그리 많지 않지만 이렇게 솔직한 이야기를 들은 적은 처음이었다.

집에 오는 길에 곧 카카오톡 오픈채팅방이 닫힐 것 같아 한장 한장 스크린샷을 해서 감독에게 보내드렸다. 질문에 답하느라 아마도 채팅방에서 어떤 얘기들이 오갔는지 몰랐을 것이다. 이 내용을 읽은 감독은 너무 고마운 얘기들이라며 더욱 힘내겠다는 답을 보내왔다.

이 경험을 겪고 나니, 코로나19가 마냥 악영향만 준 것은 아니라는 생각이 들었다. 이런 일이 생기지 않는 게 가장 좋았겠지만 이미 벌어진 상황이라면, 영화를 어떻게 살릴 수 있을 것인가를 생각하는 게 더 좋지 않을까?

 결국 그 답은 '관객'에 있다. 어떻게든 극장을 찾아와, 오픈채팅방으로 자신의 솔직한 소감을 남기는 관객이 있다면 영화는 이 위기를 반드시 극복하리라 믿는다. 오히려 극장 출입이 어려워진 지금, 나는 설레는 마음으로 극장에서 영화를 본 기억들이 얼마나 소중한지 절실히 느끼고 있다. 아직 창밖엔 바이러스가 사라지지 않았지만, 이 글을 통해 '#살아있다'고 말하고 싶다.

• • •

에필로그

내 꿈은 영화 잘 아는 할아버지

'기억의 과정은 영상 제작과 같다.' 영상을 글처럼 써 내려간, 프랑스의 위대한 감독 아네스 바르다는 말했다. 이미 돌아가셔서, 이 말이 정확히 어떤 의미인지 여쭤보진 못했지만 아마도 이런 뜻일 것이다. 우리의 기억이란 '나'의 시선으로만 기억된다. 같은 공간에서 시간을 보냈더라도 좋은 장면만 추려서 기억하는 사람이 있는가 하면, 어떤 사람은 나쁜 감정만 기억한다.

기억의 과정이란 매우 주관적이다. 영상 제작도 그러하다. 감독이 말하고픈 이야기는 의도적으로 편집된 영상에 의해 우리에게 전달된다. 이 책을 쓰는 동안, 최대한 솔직하게 쓰려고 노력했지만 가끔은 기억되는 과정 속에서 몇 가지 오류가 있었을 수도 있다. 하지만 그런 실수를 저지른 나도 '나'라고 생각한다. 이 책은 성공한 내 이야기가 아니라 여전히 부족해서, 지금 이 순간에도 실패하는 한 사람의 이야기다.

얼마 전에 출판사 담당자님이 '이젠 작가'라고 말해주셨지만, 막상 책에 들어갈 글을 쓴다는 게 생각보다 더 어려운 일이란 걸 느꼈다. 어디까지 솔직해져야 하는지도 모르겠고, 혹시나 단어 하나라도 잘못 써서 누군가에게 상처를 줄까 봐 며칠을 고민하기도 했다. 그러니까 나는 이제 막 글을 쓰는 사람이 된 것 같다.

영화제를 가면 '선생님' 라디오에선 '평론가' 콘텐츠 업계에선 '크리에이터'라 불리지만 하나같이 내겐 무거운 단어들이다. 그렇게 불릴 자격이 있는지도 잘 모르겠다. 다만 이렇게 불린 덕에 영화 보기가 더 좋아졌다. 개봉 전에 영화를 보는 특권도 생겼고, 좋은 작품을 영상으로 소개할 기회도 얻게 됐다. 이거면 충분하다고 생각한다. 마음껏

• • •

'영화 보는 인간'으로 살고 있으니, 나름 성공한 인생이다.

혼자 한 것처럼 보이지만, 실은 내 주변엔 도움을 준 사람이 정말 많다. 그저 골방에서 영화 보는 게 세상 모든 기쁨이라 생각한 나에게 기회를 준다는 건 쉽지 않은 일이다. 인천에 위치한 남동소래아트홀 담당자님은 관객이 많지 않았음에도 2년이나 일을 줬고, 새로운 걸 해보고 싶었던 나에게 라디오 고정 게스트를 시켜준 PD님도 있었다.

유튜브에 블루레이 언박싱하는 게 신기했는지 '앞으로 이런 걸 해보면 어떠겠냐'며 지금의 유튜브 채널을 기획해준 형님도 있다. 그때는 전혀 모르는 사이였는데, 내 집 앞까지 와서 나를 설득했다. 형, 고맙습니다.

영화 좋다고 극장에만 있어서, 살아 있는지조차 알 수 없어서 마냥 기도만 하신 부모님과 동생에게도 미안하다. 이젠 뭘 하고 사는지는 아시겠지. 데이트보단 영화 보는 게 0순위여서 항상 배려해야 했던 지금의 아내에게 사랑한다는 말을 남기고 싶다.

무엇보다 영화 이야기하는 김시선을 좋아해주시는 많은

영화 친구들에게도 진심을 담아 감사하다. 영화 친구들 덕에 요즘 영화 보는 게 더 좋아졌다. 이 밖에도 많은 분들의 도움 없인 지금의 내가 없었을 것이다. 영화제에서 상은 감독이 받지만, 한 편의 영화가 만들어지려면 수많은 사람들의 노고가 더해져야만 한다. 예전엔 그 의미를 말로만 알았는데, 막상 내 이야기를 쓰다 보니 왜 그런지 조금은 알 것 같다. 내 영화에서 나를 주인공으로 만들기 위해 많은 사람들이 조연 역할을 해주었다는 걸.

이제 책을 마무리하려니, 미처 책에 담지 못한 이상하지만 수많은 아름다운 얘기들이 떠오른다. 지금 쓰기엔 좀 늦은 것 같아서, 혹시 다음 책을 내게 된다면 그때 더 재미있는 영화 얘기를 해보고 싶다. 역시 사람은 항상 뒤늦게 후회한다.

요즘, 영화 보는 삶이 더 행복해졌다. 동시에 그만큼 배워야 할 것도 많아져서 두렵기도 하다. 혹시 내 주변 사람들에게 실망감을 줄까 봐.

하지만 항상 그랬듯이 일단 해볼 것이다. 하지 않으면 아

•••

무엇도 일어나지 않는다. 멈춰 있으면 우연은 생기지 않는다. 오늘도 새로운 우연을 만나기 위해, 영화관에 갈 생각이다. 거기엔 팝콘이 있고, 관객이 있고, 내가 사랑하는 영화가 있다. 오늘 밤엔 어떤 영화가 날 설레게 할까?

오늘의 시선 ; 하드보일드 무비랜드

© 김시선, 2020

초판 1쇄 인쇄일   2020년 11월 27일
초판 1쇄 발행일   2020년 12월 14일

지은이   김시선
펴낸이   정은영
기획편집   이현진 김정은 정사라
마케팅   이재욱 최금순 오세미 김하은 김경록 천옥현
제작   홍동근

펴낸곳   (주)자음과모음
출판등록   2001년 11월 28일 제2001-000259호
주소   04047 서울시 마포구 양화로6길 49
전화   편집부 (02)324-2347, 경영지원부 (02)325-6047
팩스   편집부 (02)324-2348, 경영지원부 (02)2648-1311
이메일   kkom@jamobook.com

ISBN   978-89-544-4542-9(03810)

이 도서의 국립중앙도서관 출판시도서목록(CIP)은 서지정보유통지원시스템 홈페이지
(http://seoji.nl.go.kr)와 국가자료공동목록시스템(http://www.nl.go.kr/kolisnet)에서
이용하실 수 있습니다.(CIP제어번호: CIP2020049405)